UN AMOUR SECRET

BARBARA TAYLOR BRADFORD

848

B. 238 un

UN AMOUR
SECRET

ROMAN

Traduit de l'américain
par Michel Ganstel

20992
don 2003

Albin Michel

Titre original :

A SECRET AFFAIR

© Barbara Taylor Bradford, 1996
Harper Collins Publishers, Inc., New York

Traduction française :

© Éditions Albin Michel, S.A., 1997
22, rue Huyghens, 75014 Paris

ISBN 2-7028-0781-X

Pour Bob, comme toujours,
avec tout mon amour.

1

Sarajevo, août 1995

Il était en train de boucler son sac de voyage quand une violente déflagration lui fit dresser la tête. Par la force de l'habitude, il tendit l'oreille dans l'attente de la suivante. Mais le silence retomba.

Un silence inhabituel. Anormal.

Bill Fitzgerald, envoyé spécial de CNS, la chaîne câblée américaine d'information continue, endossa son blouson. Il quitta sa chambre en courant, dévala l'escalier, traversa l'atrium sans ralentir et sortit de l'Holiday Inn par une porte de service à l'arrière du bâtiment. Depuis le début de la guerre, personne n'utilisait plus l'entrée principale sur Sniper Alley, beaucoup trop dangereuse. La grande avenue était devenue un sinistre couloir de la mort, où les victimes des francs-tireurs ne se comptaient plus.

Dans la rue, le silence régnait toujours, angoissant. A la recherche d'un hypothétique bombardier, Bill scrutait le ciel bleu parsemé de petits nuages blancs quand une Land Rover freina à sa hauteur. Du volant, son vieil ami le journaliste britannique Geoffrey Jackson, correspondant du *Daily Mail,* le héla.

— Bill, je t'emmène? L'explosion s'est produite par là, dit-il en indiquant du bras la direction.

— Volontiers. Merci, Jeff.

Bill bondit sur le siège du passager et la voiture redémarra à vive allure.

— Au bruit, reprit Bill, ce n'était pas une bombe, plutôt un obus de gros calibre. Encore un coup des artilleurs serbes embusqués dans les collines. Qu'en penses-tu?

— Sûrement, oui. Depuis qu'ils se sont retranchés sur les hauteurs, ils canardent la ville comme à l'exercice. Ce continuel massacre des civils est écœurant! Pour ma part, je n'ai aucune envie de crever sous un obus tiré à l'aveuglette ou d'attraper une balle perdue!

Geoffrey roulait vite mais avec précaution, l'œil aux aguets, en priant que le danger ne leur tombe pas dessus au prochain coin de rue.

— Moi non plus, tu peux me croire, approuva Bill.

— Tu es seul? Où est ton équipe?

— Ils sont sortis tourner des images d'archives pendant que je faisais mes bagages. Nous sommes censés quitter Sarajevo aujourd'hui pour une semaine de détente en Italie.

— Veinards! dit Geoffrey en riant. Tu n'as pas besoin d'un coup de main pour porter tes valises, par hasard?

— Bien sûr que si! Viens donc avec nous.

— Si seulement je pouvais, soupira Geoffrey.

Quelques minutes plus tard, il arrêta la Land Rover devant un marché en plein air. Un coup d'œil suffit au journaliste anglais pour perdre sa jovialité coutumière.

— C'est ici que l'obus est tombé, dit-il sombrement. Quand donc ces salauds de Serbes vont-ils cesser de liquider les civils bosniaques? Ils sont pires que des gangsters!

— Je le sais, toi aussi. Tous les journalistes qui couvrent cette guerre sont au courant. Mais on peut se demander si les dirigeants occidentaux en ont conscience.

— Une bande d'incapables, grommela Geoffrey.

Les deux amis mirent pied à terre.

— Merci pour la conduite, dit Bill. Il faut que je retrouve mon équipe. Je te reverrai tout à l'heure.

— A plus tard, Bill.

Geoffrey s'enfonça dans la cohue. Bill le suivit.

Un chaos indescriptible régnait sur la place.

Des femmes, des enfants couraient au hasard,
hébétés, entre les foyers d'incendie qui éclataient
un peu partout. Mais le pire, c'était le bruit. Au
sourd grondement des maisons qui s'effondraient
autour de la place faisaient écho les appels à
l'aide, les pleurs, les cris de terreur, les gémisse-
ments des blessés et des mourants, les lamenta-
tions des mères prostrées sur les corps inertes de
leurs enfants, criblés d'éclats ou écrasés sous les
débris.

Bill escalada des décombres pour gagner une
autre partie de la place. Et là, son cœur se serra
au spectacle de la tuerie dont il constatait l'éten-
due.

Depuis bientôt trois ans qu'il couvrait le
conflit qui faisait rage en ex-Yougoslavie — un
engrenage infernal où les ennemis semblaient
vouloir rivaliser de sauvagerie —, Bill n'arrivait
toujours pas à comprendre pourquoi la communauté internationale et l'Amérique en particulier
faisaient comme si cette guerre n'existait pas. Un
tel aveuglement dépassait son entendement.

Un frisson le parcourut quand il passa, d'un
pas mal assuré, devant une jeune femme qui ber-

çait en sanglotant le corps de son enfant sans vie, dont le sang formait une mare sombre à ses pieds.

Bill dut fermer un instant les yeux pour se ressaisir avant de poursuivre sa marche. Son devoir de journaliste et de correspondant de guerre exigeait qu'il informe le public de la réalité. Il ne pouvait permettre à ses sentiments personnels d'influer sur son jugement ou d'altérer la manière dont il rapportait les faits. Il lui était interdit de s'impliquer dans les événements qu'il rapportait. Pour lui comme pour tous ses confrères, impartialité et objectivité étaient les maîtres mots de la profession. Mais par moments, grands dieux, comment ne pas se sentir concerné ? Malgré tous ses efforts pour s'endurcir, comment rester insensible aux souffrances des victimes ? D'autant que c'étaient toujours les innocents les plus cruellement frappés...

Il fit le tour de la place en enregistrant le spectacle d'horreur dont il découvrait à chaque pas un nouvel aspect, toujours plus effroyable : maisons éventrées, stands du marché écroulés ou en flammes, hommes et femmes choqués, désorientés, blessés à demi conscients. L'épaisse fumée qui se dégageait des décombres, la puanteur du caoutchouc brûlé, l'odeur de la mort qui emplissaient l'atmosphère le faisaient tousser.

Arrivé au bout de la place, il s'arrêta et regarda

autour de lui en essayant de repérer ses équipiers. Ayant quitté l'hôtel avant lui, ils avaient sûrement convergé sur le lieu du drame en entendant l'explosion. Ils devaient donc être là, quelque part dans la foule…

Oui. Avec d'autres équipes de télévisions étrangères et des photographes de presse, Mike Williams, son cameraman, et Joe Alonzo, le preneur de son, se trouvaient au cœur de la mêlée, en pleine action. Bill les rejoignit en courant.

— Vous êtes arrivés dès le début ? leur cria-t-il pour se faire entendre. Que s'est-il passé, au juste ?

Joe se tourna vers lui.

— Un obus de gros calibre, canon ou mortier, répondit-il. Entre vingt et trente morts, sans compter les blessés.

— Sûrement davantage, ajouta Mike, qui filmait deux enfants couverts de sang et muets de terreur, agrippés l'un à l'autre pour ne pas tomber. Le marché était bondé. Un vrai carnage. Une boucherie.

— Les salauds, gronda Bill.

Joe montra de la main le centre de la place :

— Regarde là-bas. L'obus a creusé un énorme cratère.

Bill se tourna dans la direction indiquée.

— Les Serbes ne pouvaient pas ignorer que le marché serait plein de civils à cette heure-ci, dit-il d'une voix tremblante de rage. C'est un crime de guerre délibéré.

— Un de plus, observa Mike avec un ricanement amer. Nous commençons à en avoir l'habitude, non?

Bill et lui échangèrent un regard désabusé. A quoi bon répéter les mêmes mots, exprimer les mêmes indignations? Mike avait raison, ils auraient dû s'être habitués. Mais comment se résigner à l'horreur? Bill savait qu'il aurait du mal à se dominer pendant son prochain passage à l'antenne.

Une soudaine agitation se manifesta à l'autre bout de la place. Des ambulances se frayaient un passage dans la foule, suivies de blindés de l'ONU et d'autres véhicules officiels.

— Les voilà quand même, grommela Joe d'un ton acerbe. Mieux vaut tard que jamais. Sauf qu'il ne leur reste rien à faire qu'embarquer les blessés et enterrer les morts.

Bill ne répondit pas. Il formulait déjà dans sa tête le plan de son intervention à l'antenne. Il voulait que les images soient assez choquantes, assez parlantes pour réduire son commentaire au strict minimum.

— Je suppose que nous pouvons faire une croix sur notre permission de détente, observa Mike. On ne part pas aujourd'hui comme prévu, n'est-ce pas Bill?

La question l'arracha à sa concentration.

— Non, Mike, nous ne pouvons pas partir après ce qui vient de se passer. Il faudra couvrir la suite — quelle qu'elle soit. Si Clinton et les autres chefs d'Etat occidentaux ne se décident pas enfin à prendre des mesures énergiques et suivies d'effet, pour changer, l'opinion publique ne restera pas sans réagir.

— Que le Ciel t'entende... Donc, nous restons.

— Ils ne se passera rien, tu verras, intervint Joe. Depuis le début, le monde entier laisse faire les Serbes.

Joe ne faisait qu'exprimer l'opinion quasi unanime des correspondants de presse en Bosnie. Bill s'abstint de lui rappeler que, dans ce conflit fratricide, les autres belligérants n'étaient pas non plus exempts de tout reproche.

— De combien de mètres de pellicule disposons-nous, Mike ? demanda-t-il en se tournant vers le cameraman.

— Beaucoup, Bill. Je suis arrivé parmi les premiers, quelques minutes après l'explosion. Quand elle s'est produite, nous étions dans la Jeep au coin de cette rue et j'ai immédiatement commencé à filmer. Ce n'était pas beau à voir, crois-moi. Les images sont dures.

— Effroyables ! renchérit Joe.

16

— C'est pourquoi il faut les montrer, déclara Bill. Pour mon passage à l'antenne, Mike, pourras-tu me filmer sur un arrière-plan... significatif?

— J'aurai l'embarras du choix, hélas! Quand veux-tu que nous commencions?

— Dans une dizaine de minutes. Je voudrais d'abord aller là-bas faire parler les gens de l'ONU, voir si je peux en obtenir des déclarations ou d'autres informations.

— OK. Pendant ce temps, je vais chercher un bon arrière-plan.

Renommé pour l'exactitude, la mesure et l'autorité de ses reportages qui l'emmenaient sur tous les champs de bataille et les points chauds de la planète, William Patrick Fitzgerald était la star incontestée de Cable News System.

A trente-trois ans, d'allure encore juvénile avec ses cheveux blonds, le regard direct de ses yeux bleus et l'évidente sincérité de son sourire, il crevait littéralement le petit écran. Mais s'il était conscient des atouts que lui conférait son physique, il n'en usait que pour mieux faire passer ses messages et asseoir sa crédibilité. Sachant que celle-ci n'était pour ainsi dire jamais prise en défaut, le public se fiait implicitement à ce qu'il disait, l'écoutait avec attention et prenait ses propos très au sérieux.

On comprendra, dans ces conditions, que CNS entoure de soins jaloux un si précieux collaborateur, ardemment convoité par les autres chaînes. Il ne s'écoulait pas un mois, pas une semaine sans que son agent ne reçoive des propositions plus alléchantes les unes que les autres. Bill les refusait toutes. Loyal avant tout, il n'éprouvait aucun désir de quitter CNS, qui lui avait mis le pied à l'étrier au début de sa carrière et qu'il servait fidèlement depuis huit ans.

Une dizaine de minutes plus tard, Bill prit place devant un décor de ruines fumantes dont son cameraman avait délimité le cadrage. Avec une indiscutable sincérité, en quelques phrases dont la sobriété renforçait la portée, il fit le point de la situation en suivant la règle d'or du journalisme — Qui ? Quand ? Où ? Quoi ? Comment ? — inculquée par son père, lui-même grand reporter à la solide réputation, décédé près de cinq ans auparavant.

«Trente-sept civils ont été tués et de nombreux autres blessés par un obus de fort calibre, tiré ce matin sur un marché de Sarajevo par l'artillerie serbe en batterie dans les collines dominant la ville martyre. Cette inqualifiable agression a été commise contre des innocents désarmés, pour la plupart des femmes et des enfants. Les forces des Nations unies, arrivées peu après sur les lieux, qualifient cet acte de crime de guerre caractérisé, crime sur lequel le président Clinton et les autres chefs d'Etat de l'alliance occidentale ne peuvent fermer les yeux. Un porte-parole des Nations unies vient de nous déclarer qu'il importe de faire comprendre avec la plus grande fermeté aux Serbes de Bosnie qu'une telle forme de violence est inacceptable et inexcusable. Il ajoute que si les Serbes devaient persister dans cette attitude, les négociations du processus de paix seraient sérieusement compromises par leur faute. »

Après quelques précisions sur les circonstances de l'attentat et un bref commentaire des images du massacre, Bill conclut son reportage. Puis, une fois la caméra arrêtée, il s'approcha de ses collaborateurs.

— Ce que je ne pouvais pas dire, c'est que le major de l'ONU que j'ai interviewé déclare que des représailles sont maintenant inévitables. L'opinion ne comprendrait pas qu'on reste les bras croisés devant des atrocités pareilles.

Joe et Mike saluèrent ces propos d'une moue sceptique.

— J'ai déjà entendu cent fois des « sources autorisées » déclarer la même chose, commenta Joe en haussant les épaules. C'est peut-être cette boucherie qu'on appelle une guerre qui me rend cynique, mais je n'y crois pas. Tu verras, Bill, il ne se passera rien. Comme d'habitude.

Pour une fois, Joe Alonzo se trompait.

Car les principales puissances occidentales, Washington, Londres et Paris, n'avaient plus le choix. Faute de mesures draconiennes pour stopper le massacre systématique des civils bosniaques par les Serbes, elles risquaient d'affronter la colère de leurs propres opinions publiques.

Le 30 août 1995, quarante-huit heures après le bombardement du marché de Sarajevo, l'OTAN ordonna des attaques aériennes sur les positions serbes dans les collines dominant la ville. Au cours de plus de trois mille cinq cents sorties, les appareils de l'Organisation procédèrent à un pilonnage d'une intensité sans précédent depuis le début de la guerre, renforcé par des tirs de missiles de croisière.

Au bout de trois semaines, les Serbes commencèrent à céder aux injonctions des puissances occidentales. Ils se résignèrent à retirer leurs pièces d'artillerie lourde hors de portée de Sarajevo et firent savoir, du bout des lèvres, qu'ils acceptaient le principe des négociations de paix.

Du fait de l'intervention de l'OTAN et de ses conséquences, Bill Fitzgerald et son équipe de CNS restèrent en Bosnie. Bien entendu, leur semaine de détente en Italie était ajournée *sine die.*

— Au fond, ça nous est bien égal, n'est-ce pas ? déclara Bill, un soir que les trois hommes étaient attablés dans la salle à manger du Holiday Inn.

— Cela tombe sous le sens, renchérit Mike. Il faudrait être fou pour regretter une semaine de *farniente* à Amalfi, avec des jolies filles, du soleil, du bon vin. *Sea, sex and sun,* c'est d'un ringard ! Moi, vois-tu, je m'en moque comme de ma première chemise. Pas toi, Joe ?

— Eh bien, non ! répondit Joe. Moi, ça me prive, que veux-tu ? Je suis ringard jusqu'au bout des ongles...

Les trois amis éclatèrent de rire.

— Sérieusement, reprit Joe, je comptais beaucoup sur ce petit voyage. Toi aussi, Bill, tu crevais d'envie d'aller à Venise. Avoue !

— C'est vrai, admit Bill. Mais ce n'est que partie remise, les amis. Nous finirons par le prendre, ce congé. D'ici un mois ou deux. Ou peut-être un peu plus tard...

Septembre tirait à sa fin et Sarajevo connaissait un calme relatif. Les combats semblaient

21

moins acharnés, les snipers moins virulents : il s'écoulait parfois une heure entière sans qu'on entende claquer un coup de feu et la population se hasardait désormais dans les rues de sa ville dévastée. Les correspondants de presse constataient que la manière forte de l'OTAN avait obtenu un meilleur résultat que toutes les bonnes paroles prodiguées jusque-là par la communauté internationale.

— Je suis convaincu, reprit Bill, que les choses vont bientôt finir par se calmer. Avec un peu de chance, insista-t-il en voyant l'expression sceptique de ses amis, je crois même que la fin de la guerre est proche.

— Tu veux parier ? rétorqua Joe, toujours pesssimiste.

— Non, admit Bill. Avec les Serbes, on ne peut jamais jurer de rien. Ils disent tout et le contraire de tout...

— Et tirent des deux mains, enchaîna Joe. Ces gens-là sont pires que des cowboys ! Ils ont déclenché cette tuerie, ils n'y mettront fin que quand cela leur conviendra — c'est-à-dire quand ils auront obtenu ce qu'ils veulent.

— Les trois quarts de la Bosnie, compléta Bill, sinon la totalité. Cupidité, racisme, mégalomanie, voilà au fond les trois piliers de cette guerre.

— Comme mélange détonant, on ne fait guère mieux, observa Mike. C'est infect! ajouta-t-il en repoussant son assiette. La soupe est de l'eau chaude, cette viande est graisseuse et insipide. Ce bon sang de couvre-feu me porte sur les nerfs! J'en ai assez d'être forcé de dîner ici tous les soirs. Si seulement on pouvait changer un peu...

— Il n'y a rien de meilleur nulle part à Sarajevo, tu le sais bien, dit Bill. De toute façon, il n'y a plus un réverbère en état de marche et nous ne pouvons pas sortir la nuit. Autant prendre son mal en patience.

Les réactions de mauvaise humeur de ses compagnons l'étonnaient et l'inquiétaient. Eux qui ne se plaignaient pour ainsi dire jamais n'arrêtaient pas, depuis quelque temps, de l'abreuver de récriminations. Comment le leur reprocher, il est vrai? Les conditions de vie à Sarajevo ne cessaient de se dégrader. Le mot d'un journaliste français, rencontré au début des hostilités, lui revint en mémoire : « Un jour en Bosnie vaut une semaine n'importe où ailleurs, une semaine vaut un mois et un mois, un an. » Rien de plus vrai, comme il avait pu l'expérimenter lui-même. Le pays sombrait en entraînant dans son naufrage tous ceux qui s'y trouvaient. Il épuisait l'âme, tuait le courage, gangrenait l'esprit des plus aguerris. De même que Mike et Joe, Bill n'aspirait qu'à échapper à cette mort lente — qui préludait, trop souvent, à une mort subite et brutale...

— Le menu n'a rien de gastronomique, c'est vrai, intervint Joe avec un ricanement amer. Mais ce que je lui reproche surtout, c'est son manque de variété.

— Nous avons quand même de quoi manger, dit Bill. Ici, les trois quarts des gens meurent de faim.

Mike se redressa soudain en assenant un coup de poing sur la table.

— Eh bien, moi, les amis, j'ai la ferme intention de me retrouver dans notre bonne vieille Amérique en novembre, quoi qu'il arrive ! Même si je dois crever après, je compte passer Thanksgiving à Long Island avec mon père, ma mère, mon petit frère et ma petite sœur ! Je ne les ai pas revus depuis beaucoup trop longtemps et je ne resterai pas dans ce pays pourri, je vous le garantis !

— Je te comprends, mon vieux, dit Joe. Moi, c'est dans le New Jersey que je veux manger ma dinde. Avec ma famille. Pas question d'être ici à Thanksgiving ! Ecoute, Bill, il faut dire à Jack Clayton qu'on en a marre de ce bled.

— Bien sûr, je l'appellerai dès demain matin. Notre rédacteur en chef a le cœur sur la main et il apprécie tellement notre conscience professionnelle qu'il comprendra du premier coup, sans même que j'aie besoin d'insister. Il nous dira de sauter dans le premier avion pour Paris, puisqu'il en décolle un d'ici tous les quarts d'heure comme chacun sait, de ne pas regarder à la dépense, puisqu'il prendra tous nos frais à sa charge, et de nous ruer dans le Concorde, direction New York — en première classe, bien entendu, avec champagne à volonté. C'est gagné d'avance, les amis.

— L'ironie légère n'a jamais été ton fort, Bill, déclara Mike avec un sourire amusé. Sérieusement, parles-en quand même à Jack. Nous avons droit à un congé depuis belle lurette, il le sait aussi bien que nous. On nous l'avait d'abord promis en juillet, puis on l'a repoussé en août. Maintenant, il n'en est même plus question. A part un week-end en Hongrie qui n'avait rien de folichon, nous n'avons pas quitté la Bosnie depuis plus de trois mois ! Je ne crois pas exagérer en disant que nous sommes au bout du rouleau.

— Tu as raison, Mike, cela n'a que trop duré et nous avons tous les nerfs à vif. Ecoute, tu sais que les pourparlers de paix doivent s'engager à Dayton en octobre, c'est-à-dire dans quelques jours. Pendant ce temps, les choses devraient donc se calmer et, *a priori,* je ne prévois pas de problèmes majeurs. Je demanderai à Jack d'envoyer une autre équipe prendre notre relève, pour le cas où il se passerait quand même quelque chose de grave.

— Ce qui n'aurait rien d'invraisemblable, observa Mike d'un air sombre. Ce n'est pas parce que quelques diplomates parleront de paix autour d'une table que les autres forcenés remiseront leurs armes au vestiaire. Ici, tout peut arriver.

— Ce n'est que trop vrai, hélas! approuva Joe. N'espérons rien, nous ne serons pas déçus.

— Pas si vite, les amis! Jack est dur, mais il n'est ni injuste ni ingrat et je suis certain qu'il sera d'accord. N'oubliez pas que c'est nous qui avons décidé de rester à la fin août pendant l'intervention de l'OTAN et ça, Jack l'a apprécié à sa juste valeur. Alors, préparons-nous à partir dans une semaine jour pour jour. Je m'en porte garant, ajouta-t-il en espérant que les événements ne le forceraient pas à décevoir une fois de plus ses amis. Vous êtes d'accord?

Mike et Joe le dévisagèrent avec stupeur, comme s'il avait perdu la tête. Un instant plus tard, un large sourire apparut sur leurs lèvres.

— Si nous sommes d'accord? s'exclamèrent-ils à l'unisson. Plutôt deux fois qu'une!

2

Venise, novembre 1995

Une froide lumière métallique baignait la Piazzetta. Sous le ciel plombé de ce triste après-midi d'hiver, la brume qui venait en volutes de la lagune et envahissait le Grand Canal jetait sur toute chose un voile gris. Nullement affligé par ce temps maussade, Bill Fitzgerald débarqua du *vaporetto* et se dirigea en flânant vers la place Saint-Marc. Tant de contretemps l'avaient si longtemps empêché de revenir à Venise qu'il ne pensait qu'à s'en réjouir, maintenant qu'il s'y trouvait enfin.

Son soulagement d'échapper à l'atmosphère angoissante de la Bosnie se doublait du plaisir de constater que, pour une fois, les vents et les marées ne jouaient pas à Venise le mauvais tour de se liguer pour inonder la ville, comme ils semblaient s'y complaire à cette époque de l'année. Et quand bien même aurait-il dû patauger dans l'eau ou se livrer à des exercices d'équilibriste sur des planches plus ou moins stables, Bill ne s'en serait pas plaint davantage. Si les Vénitiens savaient s'accommoder de ces caprices des éléments, il aurait mauvaise grâce à récriminer.

Depuis plusieurs années, il venait à Venise chaque fois qu'il en avait la possibilité. L'accès en était facile de la plupart des grandes villes européennes où l'appelaient ses reportages. A chacun de ses séjours, même les plus brefs, il en repartait rafraîchi, le cœur plus léger et le moral au beau fixe.

Car il s'était pris d'amour pour la Sérénissime, ses somptueux monuments, ses canaux et ses ruelles grouillant d'une joyeuse animation. Il ne cessait d'y découvrir des trésors d'art et d'architecture, bien souvent ignorés des hordes moutonnières de touristes ou dédaignés par les guides. Pour lui, Venise était une des villes les plus fascinantes au monde, dont l'œil le plus blasé et l'esprit le plus chagrin ne pouvaient se rassasier.

Au cours de sa première visite, douze ans auparavant, il avait passé le plus clair de son temps à hanter les églises, les palais, les musées sans pouvoir s'arracher à la contemplation des chefs-d'œuvre dont il faisait la découverte émerveillée. L'émotion ressentie devant les tableaux des maîtres, le Titien, Tintoret, Véronèse, Tiepolo,

Canaletto, avait gravé dans son âme une marque indélébile. Depuis lors, il avait une prédilection marquée pour l'école vénitienne.

Ayant toujours souhaité peindre, Bill déplorait de se savoir dénué du moindre don dans ce domaine. Il n'avait de talent qu'avec les mots. «Celui-là, il a embrassé la pierre de Blarney», disait de lui Bronagh Kelly, sa grand-mère maternelle. «C'est vrai, approuvait sa mère. Il est doué pour la parole et il écrit comme un ange. S'il est vrai que la plume est plus puissante que l'épée, il ira loin.»

Fils unique, Bill avait passé la plus grande partie de son enfance et de sa jeunesse environné d'adultes et était resté très attaché à sa grand-mère irlandaise, qui lui inspirait une affection toute particulière. Quand il était petit, elle le captivait par les contes et légendes du folklore irlandais, peuplé de lutins, de trèfles magiques et de jarres pleines d'or cachées au pied d'un arc-en-ciel.

Emigrée d'Irlande à l'âge de huit ans avec ses parents et son jeune frère, Bronagh avait grandi à Boston sans rien oublier, ni renier, de son pays natal. C'est à Boston qu'elle avait connu et épousé le grand-père de Bill, un jeune avocat plein d'avenir du nom de Kevin Kelly.

«Je suis née en 1905 et pour une naissance

mémorable, Billy, c'en était une! s'exclamait-elle. Je suis venue au monde, vois-tu, un 12 juin sur le coup de minuit au beau milieu d'un épouvantable orage. Ma chère maman disait que cet orage était un mauvais présage, poursuivait-elle en enjolivant à chaque fois son récit tant elle prenait plaisir à voir l'expression fascinée et les yeux écarquillés de son petit-fils. Et c'est vrai que, depuis, j'ai mené une vie plutôt orageuse!» concluait-elle avec un joyeux éclat de rire, qui amenait Bill à penser qu'elle ne regrettait pas une minute de son existence mouvementée.

Sylvie, sa femme, avait aimé autant que lui sa grand-mère. L'une et l'autre celtes dans l'âme, mystiques, voire un peu magiciennes, les deux femmes étaient devenues très proches. En cela, comme à d'autres égards, elles avaient de nombreux points communs.

Lorsqu'il venait à Venise, Bill ne regrettait qu'une chose : n'avoir pas pu y amener Sylvie avant sa mort. Ils se l'étaient maintes fois promis en remettant sans cesse le voyage à plus tard — jusqu'au jour où il avait été trop tard. Sylvie n'était plus. Qui aurait pu prévoir qu'elle serait partie si soudainement? Morte en couches, un comble à notre époque! Eclampsie, avaient dit les médecins. Une seule crise, vite suivie du coma et de la mort.

La perte de Sylvie avait été, pour Bill, la plus

douloureuse épreuve de sa vie. Elle était trop jeune pour mourir, à peine vingt-six ans. Longtemps inconsolable, il avait fini par se résigner tant bien que mal à ce coup du destin en se noyant dans le travail, seul dérivatif capable d'atténuer sa douleur, sinon de l'effacer tout à fait.

Sylvie occupait plus que jamais ses pensées quand il s'arrêta un instant devant la basilique Saint-Marc, dont il ne manquait jamais d'admirer la façade byzantine. Elle était morte en 1989 mais leur enfant, une fille, avait survécu. Bill l'avait appelée Helena, le prénom choisi par Sylvie. Agée maintenant de six ans et devenue le portrait de sa mère, c'était une adorable enfant qui séduisait tous ceux qui l'approchaient. Elle offrait à son père des joies sans nombre. Lorsqu'il se sentait abattu, déprimé, écœuré par la méchanceté et la corruption des hommes, il lui suffisait d'évoquer son image pour se sentir mieux. Grâce à elle, il avait retrouvé une raison de vivre, et un but dans l'existence.

Une fois encore, le miracle se produisit et un sourire lui vint aux lèvres rien qu'en pensant à elle. Sa profession l'entraînant aux quatre coins du monde, Bill avait confié sa fille à sa mère qui habitait New York. Il pouvait heureusement la voir assez souvent, car chaque instant passé près d'elle lui était précieux. Même si la mère de Bill gâtait son unique petite-fille, Helena était vive, éveillée, intelligente — et pas du tout capricieuse.

Il venait de passer quinze jours avec elles après avoir couvert l'ouverture des négociations de paix à Dayton, dans l'Ohio. Il comptait retourner à New York en décembre pour fêter Noël chez sa mère. Lorsqu'il n'était pas retenu sur un champ de bataille ou un autre endroit de la planète où survenait quelque événement capital, Bill revenait toujours près de ses « femmes chéries », comme il les appelait. Pour rien au monde il n'aurait voulu se ressourcer ailleurs, surtout à l'occasion des fêtes et des vacances.

Il s'était cependant réservé cette semaine de détente à Venise, car il avait réellement besoin d'un peu de temps à lui afin de se ressaisir après ces trois mois épuisants en Bosnie. Démoralisé par tout ce dont il avait été témoin, saturé de visions de guerre, indigné par les atrocités perpétrées par la cruauté des hommes, il n'aspirait qu'à l'oubli. Non qu'il ait réellement l'espoir d'y parvenir, nul n'en serait capable. Mais il pouvait au moins tenter d'estomper les plus atroces de ces images, qui lui meurtrissaient l'âme de cicatrices inguérissables.

Son ami Francis Peterson, correspondant du magazine *Time,* estimait pour sa part qu'aucun journaliste ne réussirait à chasser de sa mémoire les violentes images de la Bosnie. « Elles sont scellées dans notre esprit comme des insectes dans un bloc d'ambre, répétait Frank. Nous ne pourrons sans doute jamais nous en libérer. » Bill ne pouvait qu'approuver.

Francis et Bill s'étaient connus à l'école de journalisme de l'université de Columbia en 1980 et, depuis, étaient restés amis intimes. Ils couvraient souvent les mêmes guerres, les mêmes événements ; et lorsque le hasard de leurs missions les envoyait chacun à un bout du monde, ils gardaient toujours le contact.

Actuellement en mission à Beyrouth, Francis devait arriver à Venise d'une heure à l'autre. Les deux amis avaient prévu de passer quelques jours ensemble avant que Frank ne reparte pour New York, à la fin de la semaine, afin de célébrer le soixante-dixième anniversaire de son père. Bill se réjouissait de retrouver son meilleur ami, qu'il n'avait pas vu depuis plusieurs mois. Les deux hommes avaient tant d'intérêts et de points communs et se comprenaient si bien que l'expression « être sur la même longueur d'onde » semblait avoir été formulée pour eux.

Plongé dans ses réflexions, Bill se rendit compte tout à coup que, à l'exception des pigeons, il était presque seul sur la place Saint-Marc, situation à tout le moins inhabituelle, la place étant toujours grouillante d'activité. Le froid et le mauvais temps en étaient-ils responsables ? Sans s'attarder sur cette idée, il poursuivit sa flânerie et remarqua alors pour la première fois le pavage de la place, le plus souvent caché par la foule des touristes.

Distraitement, il franchit le dallage gris vers les bandes de marbre blanc qui le soulignaient — et s'aperçut qu'elles attiraient le regard et les pas du promeneur en direction de la basilique. Amusé, il rebroussa chemin en se laissant guider puis, parvenu au bout de la place, il longea le palais des Doges jusqu'au quai des Esclavons.

Un long moment, Bill resta au bord du canal, tourné vers la lagune. A l'horizon, le ciel et la mer se mêlaient en une vaste tenture grise et plate à laquelle le soleil déclinant, caché derrière l'épais plafond de nuages, conférait l'éclat mat du métal terni. Pas un souffle de vent, pas une ride à la surface de l'eau. Tout était figé, comme si le monde entier retenait sa respiration.

« Dans Venise la rouge, pas un bateau qui bouge... »

Le vers d'Alfred de Musset lui vint aux lèvres malgré lui. Comment, devant tant de calme, croire à la réalité de la guerre qui faisait rage sur l'autre rive de l'Adriatique, à quelques centaines de kilomètres ? Bill se détourna enfin. Rien ne change ni ne changera jamais, se dit-il avec un soupir désabusé. Le monde sera toujours peuplé de monstres et dominé par le Mal. Le temps ne nous aura rien appris, l'humanité n'est pas plus civilisée qu'à l'âge de pierre...

Le crépuscule tombait. Remontant frileusement le col de son trench-coat, Bill revint sur ses pas et traversa de nouveau la place quasi déserte pour regagner le Gritti, son hôtel préféré, dont il aimait le charme un peu suranné, le confort sans faille et l'élégance discrète.

La bruine qui sévissait depuis quelques instants se transforma en averse. Bill pressa l'allure. Il courait presque en atteignant le coin de la rue où se trouvait l'entrée de l'hôtel... et entra en collision avec un autre piéton, qui, tête baissée, marchait aussi vite que lui.

Le piéton pressé était une femme. Sous le choc, elle lâcha son parapluie et perdit son chapeau, un feutre crème à large bord. Bill n'eut que le temps de la rattraper par les épaules pour l'empêcher de tomber — et retrouver lui-même son équilibre compromis.

Des yeux gris argent le dévisagèrent avec effarement.

— Pardonnez-moi, je suis vraiment désolé! s'écria-t-il. *Scusi!* ajouta-t-il par acquit de conscience.

— Ce n'est pas grave, je vous assure, répondit en anglais la femme aux yeux gris.

Sur quoi, sa victime involontaire se dégagea et courut derrière son chapeau entraîné par le vent. Bill la dépassa en trois enjambées, ramassa le parapluie et le couvre-chef, qu'il rapporta à leur propriétaire.

— Je vous présente encore toutes mes excuses, dit-il en les lui rendant.

Une moue aux lèvres, elle brossa d'un revers de main son chapeau taché de boue.

— Il n'y a pas de mal, sincèrement, répondit-elle. Ce chapeau en a vu d'autres et, de toute façon, je ne l'aimais pas, ajouta-t-elle en souriant.

— Non, vraiment, je suis impardonnable de débouler en courant au coin d'une rue sans regarder devant moi. Vous n'avez rien, vous êtes sûre ?

Sans comprendre pourquoi, il ne se résignait pas à la laisser partir et cherchait par tous les moyens à prolonger leur dialogue.

— Tout va bien. Merci encore.

D'un geste désinvolte, elle planta le chapeau sur ses boucles brunes en désordre et s'éloigna en lui lançant un sourire distrait.

Pétrifié, Bill la suivit des yeux. Il n'aurait pourtant rien désiré plus ardemment que de la voir rester, lui parler, lui offrir un verre peut-être. Il ouvrit la bouche pour la rappeler mais ne put proférer un son. Sa voix le trahissait en même temps que son courage l'abandonnait. Une seconde plus tard, qui lui parut durer une éternité, il parvint à sortir de son étrange léthargie et courut à sa poursuite.

— Puis-je au moins vous acheter un chapeau neuf ? lui cria-t-il quelques pas derrière elle.

— C'est bien inutile, je vous assure, répondit-elle par-dessus son épaule. Merci quand même.

— Ce serait pourtant la moindre des choses. Celui-ci est abîmé par ma faute.

Elle ralentit un instant jusqu'à ce qu'il la rejoigne.

— Non, vraiment, c'est sans importance. Au revoir, dit-elle en reprenant sa marche à vive allure.

— Pas si vite, attendez ! Je voudrais vous parler…

— Désolée, je n'ai pas le temps. Je suis en retard.

Elle tourna à un coin de rue. Bill lui emboîta le pas.

C'est alors qu'il vit un homme la saluer de la main, un large sourire aux lèvres. Courant presque, l'inconnue alla à sa rencontre.

— Giovanni ! *Come stai ?*

Et elle souleva son parapluie pour qu'il puisse lui donner l'accolade et l'embrasser sur les joues.

Déçu, le cœur étreint par une bouffée de jalousie aussi soudaine qu'injustifiée, Bill tourna aussitôt les talons et revint sur ses pas, vers son hôtel. Malgré lui, l'inconnue le hantait. Il brûlait d'envie de savoir au moins qui elle était. Depuis de longues années, aucune femme ne l'avait troublé à ce point. Ses lumineux yeux gris, son visage aux traits à la fois réguliers et piquants, la savante indiscipline de ses boucles brunes, l'élégance innée de sa démarche, tout le fascinait en elle. Si sa beauté n'avait rien de classique, elle n'était pas moins éclatante. En cet instant, Bill aurait tout donné pour mieux la connaître.

Et c'était bien sa chance que cette perle rare soit déjà à un autre !

3

Lorsqu'ils se retrouvèrent au bar du Gritti où ils s'étaient donné rendez-vous, les deux amis tombèrent dans les bras l'un de l'autre.

— Francis Xavier, quelle joie ! s'écria Bill. Jusqu'à la dernière minute, je craignais que tu ne puisses pas venir.

— Rien n'aurait pu m'en empêcher, William Patrick. Nous ne nous étions pas revus depuis beaucoup trop longtemps. Tu me manquais, tu sais.

— Moi aussi, Frank, tu me manquais.

Ils commandèrent leurs consommations au barman avant d'aller s'asseoir à une petite table près de la fenêtre, d'où l'on découvrait le Grand Canal.

— Des guerres nous séparaient, dit Frank. Et pour une fois, nous n'étions pas dans la même.

— C'est bien ce que je déplore, vieux frère.

Ils gardèrent le silence un long moment, chacun évoquant les situations périlleuses affrontées ensemble. Confrères, ils se comprenaient à demi-mot ; amis intimes, ils étaient trop proches pour ne pas s'inquiéter du sort de l'autre. Tous deux poussés par la même passion de la vérité et le besoin de la faire éclater au grand jour, ils ne reculaient jamais devant les risques que cette attitude entraînait. Pourtant, qu'ils soient seuls ou fassent équipe, ils savaient rester conscients du danger et garder la tête froide.

Un serveur apporta leurs verres. Ils trinquèrent, burent à leurs santés respectives.

— Tu sais, Bill, dit Frank d'une voix sourde, je ne remettrai plus les pieds en Bosnie. A aucun prix.

— Je te comprends, Frank. J'en ai plus qu'assez, moi aussi. Et toi, comment vont les choses à Beyrouth ?

— Assez calmes, pour le moment du moins. La situation s'arrange peu à peu et la vie reprend un cours relativement normal. Beyrouth ne redeviendra sans doute jamais le Paris du Proche-Orient, mais la ville commence à se reconstruire. De nouvelles boutiques ouvrent tous les jours, les grands hôtels fonctionnent de nouveau. Mais le pays est exsangue et une grande partie de la population est dans la misère. Il faudra des années pour panser les plaies de la guerre civile.

— Et les mouvements islamistes ? Toujours actifs ?

— Toujours, oui, et toujours téléguidés par l'Iran. Ils contrôlent des quartiers entiers de Beyrouth et pratiquement tout le sud du Liban, sans parler de leurs bases dans la plaine de la Bekaa. Pour l'instant, ils se limitent — si on peut employer cette expression ! — à commettre des attentats en Israël. Nul ne peut prévoir si le processus de paix engagé entre Israël et les Palestiniens aboutira assez vite à des résultats concrets pour leur couper l'herbe sous le pied. La partie est loin d'être gagnée, crois-moi. Nous n'en avons pas fini avec le terrorisme international.

— Hélas, non...

— Mais changeons de sujet, Bill ! dit Frank avec un large sourire. Nous ne sommes pas ici pour nous lamenter. Parle-moi plutôt de ma petite Helena.

— Elle n'est plus si petite que ça, Frank. Tiens, juges-en par toi-même...

Bill prit dans son portefeuille une photo qu'il tendit à son ami :

— Ta filleule m'a expressément chargé de te la remettre en main propre et de t'embrasser très fort de sa part.

— La plus adorable petite fille que j'aie jamais

vue, Bill, dit-il après avoir longuement regardé la photo. Tu as une chance insolente d'avoir une fille pareille! On dirait un ange de Botticelli.

— D'allure, oui, mais elle se conduit souvent comme un vrai petit diable, si j'en crois ce que dit ma mère. Au fond, j'en suis ravi. Personne n'a envie d'un enfant trop parfait.

— Ce serait insupportable! renchérit Frank en glissant avec un sourire la photo dans son porte-feuille. Et ta mère, comment va-t-elle?

— Très bien. Tu la connais, toujours aussi débordante d'énergie et le cœur sur la main. Elle aussi m'a chargé de te transmettre toute son affection.

— Donne-lui la mienne quand tu la verras. Mieux encore, je l'appellerai moi-même en arrivant à New York, puisque j'y serai avant toi. Au fait, je suis désolé de t'avoir manqué à ton dernier passage. Il fallait à tout prix que je boucle ma série d'articles sur le Liban.

— J'ai très bien compris, voyons!

— Dis-moi, les négociations de Dayton n'ont pas l'air de t'avoir fait une grosse impression.

— Non. Les Serbes sont d'une scandaleuse mauvaise foi. Ils n'accepteront jamais un traité de paix juste et équilibré avec les Bosniaques. Quant aux grands discours à l'ONU sur les poursuites à engager contre les criminels de guerre, c'est une sinistre plaisanterie. Les vrais coupables, les Mladic, les Karadzic, ne comparaîtront jamais devant la cour de justice de La Haye. On jugera quelques lampistes, quelques comparses, mais les véritables bouchers resteront impunis. Tout cela, ce ne sont que des mots. Des écrans de fumée pour apaiser l'opinion publique jusqu'à ce qu'elle oublie.

— J'ai bien peur que tu aies raison, Bill.

Les deux amis burent en silence, de nouveau absorbés dans leurs réflexions.

S'ils formaient au physique un duo contrasté, leur physionomie franche et ouverte, leur regard direct, leur sourire chaleureux inspiraient une égale sympathie. Tous deux de souche irlandaise, ils illustraient les deux extrêmes du peuple celte, car Frank était aussi brun que Bill était blond. Agé de trente-trois ans comme son ami, Frank était lui aussi seul dans la vie. Marié à la correspondante d'une chaîne de télévision, Pat Rackwell, étoile montante de sa profession, leur union n'avait pas résisté aux exigences contradictoires de leurs carrières respectives. N'ayant heureusement pas eu d'enfants, ils avaient pu conserver les rapports les plus amicaux après leur divorce à l'amiable, quatre ans auparavant. Lorsque les hasards de l'actualité les réunissaient sur un reportage, ils échangeaient volontiers leurs informations, mettaient leurs ressources en commun et, en règle générale, coopéraient avec bonne humeur. Et s'ils se retrouvaient à l'étranger dans la même ville, il leur arrivait souvent de dîner ensemble.

Le premier, Bill brisa le silence :

— J'ai surpris, l'autre jour, un commentaire très désobligeant sur notre compte, dit-il en souriant.

— A New York ?

— Oui.

— Et qu'est-ce qu'on disait ?

— Que nous sommes, toi et moi, des drogués de la guerre et de la violence, que nous aimons défier le danger parce que cela nous excite. En deux mots, nous sommes de dangereux irresponsables qui donnent l'exemple à ne pas suivre.

Frank éclata de rire.

— Elle est bien bonne, celle-là ! L'opinion des autres ne me fait ni chaud ni froid, tu t'en doutes. Je parierais que c'est un de tes concurrents jaloux sur une chaîne rivale qui tenait ces propos assassins.

— Eh bien non, figure-toi. C'était un type de CNS.

— Ah ! En voilà un qui guigne ton job.

— C'est probable...

Bill hésita un instant avant de poursuivre :

— Malgré tout, Frank, ne te demandes-tu pas par moments si nous ne forçons pas un peu trop la chance ? Nous pourrions laisser notre peau dans quelque guerre absurde, au fin fond d'un pays dont le monde entier se moque éperdument.

— Bien sûr, répondit Frank, pensif. Tant de journalistes ont déjà été tués pour rien...

— Oui, mais pas nous ! déclara Bill au bout d'un bref silence. Je le sens.

— Tu as cent fois raison, renchérit Frank. Ce n'est pas inscrit dans notre destinée. De toute façon, tu es blindé. Et moi, j'ai un porte-bonheur permanent : toi !

Bill éclata de rire à son tour.

— Sauf que, ces temps-ci, je ne suis pas avec toi tout le temps, dit-il en reprenant son sérieux.

— Oui, et tu sais combien je le regrette. Nous avons eu de bons moments ensemble, Bill — des mauvais aussi, c'est vrai. Mais dans les deux cas, j'espère que ce n'est pas fini. Rappelle-toi l'intervention de Panama en décembre 89.

— Comment voudrais-tu que je l'oublie ? Sylvie était morte quelques mois plus tôt, j'étais démoralisé au point de me moquer de ce qui m'arriverait. En fait, j'avais plutôt envie de me jeter au-devant des balles perdues.

— Cela ne t'empêchait pas de te soucier de

mon sort, dit Frank en fixant son ami des yeux. Sans toi, je ne serais pas ici ce soir, Bill. Tu m'as sauvé la vie.

— La belle affaire! Tu en aurais fait autant.

— Bien sûr. Tu sais que je suis affligé d'une incurable reconnaissance envers mes bienfaiteurs.

— Comme la population féminine de toutes les villes dans lesquelles tu séjournes, si je ne me trompe.

Les deux hommes rirent à l'unisson.

— Tu ne vas pas me sermonner, Billy? Je ne serais pas le seul dans notre fichu métier à rechercher d'innocentes distractions. Et toi, au fait? Tu n'as jamais été, que je sache, d'une timidité maladive avec les filles.

— Je n'en ai pas rencontré beaucoup ces derniers temps. Là où j'étais, du moins.

— Il est vrai que Sarajevo n'est pas l'endroit idéal pour une torride histoire d'amour…

— Au fait, j'ai encore appris autre chose à New York, enchaîna Bill sur le ton de la confidence.

— Ah, oui? A la manière dont tu le dis, j'ai la vague impression que cela me concerne.

— En effet. Dans les milieux bien informés, le bruit court que tu es atteint d'un complexe de Don Juan au stade terminal. Selon certaines sources, ton cas serait désespéré.

46

Frank salua cette révélation d'un franc éclat de rire, auquel Bill fit écho. Il ne s'était pas senti aussi gai et insouciant depuis longtemps. En quelques jours, la compagnie de Frank à Venise l'aiderait à émerger de sa dépression, à oublier les images de guerre qui le hantaient et à recharger ses batteries. Seul, il n'y serait peut-être pas parvenu.

— Tout compte fait, reprit-il après avoir fait signe au serveur de renouveler leurs consommations, ce n'est pas une si mauvaise réputation. Tu ne serais pas un Don Juan si les femmes ne te trouvaient pas séduisant.

— Tu parles d'or, Bill! A propos, devine sur qui je suis tombé il y a quelques semaines à Beyrouth : Elsa.

— Elsa?

— Ne me dis pas que tu as déjà oublié Elsa Mastrelli, notre ange gardien de Bagdad!

— Cette Elsa-là? Mais oui, bien sûr! Que devient-elle?

— Toujours la même, à courir le monde pour son magazine italien tout en volant au secours de l'humanité souffrante.

— Une fille formidable, c'est vrai. Et toujours aussi belle?

— Encore mieux. Depuis notre première rencontre, elle a mûri, elle a pris de l'expérience, sinon de la bouteille. Bref, je l'ai trouvée plus séduisante que jamais. Nous avons malheureusement juste eu le temps de boire un verre en évoquant nos souvenirs de la guerre du Golfe.

— De sacrés souvenirs, Frankie... Janvier 1991, il y a à peine quatre ans de cela et, pourtant, j'ai l'impression que cette guerre date d'un siècle.

— C'est vrai. Nous prenions des risques insensés, maintenant que j'y repense.

— Nous n'avions pas trente ans, Frank. Nous crachions le feu, nous étions jeunes...

— Et complètement idiots, si tu veux mon avis. Aucun scoop ne mérite qu'on risque sa vie.

— Tu as raison. Mais nous ne pensions pas à la mort, tu le sais aussi bien que moi. Et nous devons une grande partie de nos carrières à nos reportages de Bagdad. Nous avons eu de la chance que CNS ait été la seule chaîne de télévision autorisée à rester en Irak et qu'Elsa et toi ayez été les seuls journalistes de la presse écrite à pouvoir suivre notre équipe partout.

— Oui, grâce à toi et à ton infatigable producteur, Blain Lovett, qui savait tirer les bonnes ficelles au bon moment. Que devient-il ? Toujours à CNS ?

— Non, il est d'abord passé à NBC puis à

CBS. Il y est resté, mais il ne va plus sur le terrain à l'étranger.

— En voyant tout cela avec du recul, nous avons eu une sacrée veine de nous en sortir sans une égratignure. Quand on pense que notre hôtel a reçu des bombes de plein fouet... Mais qu'est-ce qui ne va pas, Bill ?

— Rien, voyons.

— Si. Tu ne m'écoutes plus et tu as un drôle d'air, tout à coup.

— Ecoute, Frank, ne te retourne pas. Mais as-tu vu entrer cette femme, assise à l'autre bout de la pièce ?

— J'aurais difficilement pu la manquer, elle est la seule personne ici à part nous. Et alors ?

— Alors, je l'ai bousculée tout à l'heure dans la rue et j'ai rattrapé son chapeau à la course.

— Son chapeau à la course ? Tu plaisantes ?

— Peu importe. Et ne me regarde pas comme ça !

— Comme quoi ?

— Comme si j'étais subitement devenu cinglé.

— Tu ne l'es pas devenu *subitement,* Billy, tu l'es en permanence — et moi aussi, d'ailleurs, Dieu merci ! La vie serait trop pénible si on ne s'offrait pas un coup de folie de temps en temps. Alors, cette femme ?

— J'ai eu une sorte de… coup de foudre en la voyant. Je mourais soudain d'envie de mieux la connaître.

— Je ne te le reprocherais certes pas, elle a du chien. Italienne?

— Non, je ne pense pas. Elle en a un peu le physique mais, à son accent, je la croirais plutôt américaine, bien que nous n'ayons échangé que quelques mots. Si tu veux tout savoir, son chapeau est tombé quand je lui suis rentré dedans au coin d'une rue, le vent l'a fait rouler, je l'ai rattrapé, elle m'a remercié et elle est partie. Je lui ai couru après pour l'inviter à prendre un verre — c'était bizarre, vois-tu, mais je ne pouvais pas me résoudre à la laisser partir…

— Eh bien, pourquoi ne pas l'avoir retenue?

— Parce qu'elle était pressée de rejoindre un type — un ami ou peut-être son mari, est-ce que je sais? Je les ai vus ensemble, ils se sont embrassés. Depuis, je m'efforce de ne plus y penser mais je n'y arrive pas, je l'avoue.

— Dans ce cas, il n'y a qu'une chose à faire.

— Laquelle?

— Invite la à venir à notre table. Tu sauras tout de suite de quoi il retourne.

— Après tout, tu as peut-être raison.

Bill se leva et traversa le bar vers la table de la

50

jeune femme, qui leva les yeux d'un cahier qu'elle lisait.

— Bonsoir, lui dit-elle avec un sourire amical.

— Puisque vous ne vouliez pas que je vous achète un chapeau neuf pour me faire pardonner, puis-je au moins vous offrir un verre ? Mon ami et moi serions très heureux de vous inviter à boire l'apéritif — et peut-être à dîner ?

— C'est très aimable à vous deux, mais je ne peux pas accepter, je suis déjà prise. J'attends un ami.

Bill ne put réfréner une moue affligée.

— C'est bien ma... je veux dire, notre chance.

Il allait prendre congé et s'éloigner quand il se ravisa :

— Vous êtes américaine, n'est-ce pas ?

— Oui, de New York.

— Moi aussi.

— Je sais.

— Permettez-moi de me présenter. Bill...

— Fitzgerald, enchaîna-t-elle avec un sourire amusé. Je vous connais très bien, monsieur Fitzgerald, je vous regarde très souvent à la télévision.

— Dans ce cas, appelez-moi Bill.

— Avec plaisir. A mon tour de me présenter,

poursuivit-elle en lui tendant la main. Vanessa Stewart.

Bill se pencha vers elle, prit sa main tendue — et se rendit compte qu'il ne voulait plus la lâcher.

— Il me vient une excellente idée, dit-il lorsqu'il s'y résigna enfin, fasciné par le regard de ses yeux gris.

— Puis-je savoir laquelle?

Appuyé au dossier de la chaise en face d'elle, Bill se pencha pour se rapprocher un peu plus.

— Il n'y a sans doute pas d'autres Américains que nous trois à Venise en ce moment. Il est donc *in-dis-pen-sable* que nous passions ensemble la soirée de demain.

— Demain? s'étonna-t-elle. Pourquoi donc?

— Parce que ce sera le jeudi 23 novembre.

— Et alors? demanda-t-elle en fronçant les sourcils.

— Le jour de Thanksgiving.

— Oh! Mon Dieu, c'est vrai! J'avais oublié.

— Ce serait proprement criminel, avouez-le, que les trois uniques Yankees de Venise ne célèbrent pas de concert la plus américaine de toutes les fêtes. Joignez-vous donc à moi et à mon ami Frank Peterson, de *Time,* et montrons-nous de dignes neveux de l'Oncle Sam. Alors, qu'en dites-vous?

— Tout à fait d'accord, mais à une condition.

— Je vous écoute.

— Que ce soit un vrai dîner de Thanksgiving conforme à la tradition, avec la dinde et tout ce qui s'ensuit.

— Marché conclu ! répondit Bill avec un large sourire.

— Je m'en réjouis déjà. Nous pourrions nous retrouver ici, par exemple ?

— Bonne idée. Champagne d'abord, suivi de la dinde et de « tout ce qui s'ensuit ». Quelle heure ?

— Pourquoi pas sept heures ?

— Parfait.

Voyant du coin de l'œil entrer Giovanni, Bill inclina poliment la tête et prit congé.

Frank n'avait pas cessé d'observer leur rencontre.

— Alors ? demanda-t-il lorsque Bill l'eut rejoint.

— Elle ne peut pas ce soir, pour une raison évidente : son Italien revient sur le devant de la scène.

— C'est celui-là, là-bas, avec qui tu l'as vue cet après-midi ?

— Oui, un certain Giovanni. Elle est quand même d'accord pour dîner avec nous demain soir.

— Bien joué, mon vieux ! Comment t'y es-tu pris ?

— Je lui ai signalé que ce serait Thanksgiving, que nous étions sans doute les trois seuls Américains à Venise à cette époque-ci de l'année et que ce serait un crime de ne pas célébrer cette fête ensemble.

— Et elle a tout de suite été d'accord ?

— Oui, à une condition.

— Allons bon ! Laquelle ?

— Elle tient à un dîner selon la plus pure tradition, avec de la dinde et, comme elle dit, « tout ce qui s'ensuit ».

— Et tu le lui a promis ?

— Bien entendu. Pourquoi fais-tu cette tête-là ?

— Où diable crois-tu que nous allons dénicher une dinde et « tout ce qui s'ensuit » à Venise ? Au royaume de la pasta ?

— Je sais, Frankie. Ne t'inquiète pas et fais-moi confiance.

— Mais enfin, Bill, une *dinde*...

— T'ai-je laissé tomber à Bagdad, hein ? Qui réussissait toujours à dégotter des choses introuvables en pleine guerre dans ce trou perdu, depuis les bouteilles de Johnny Walker jusqu'aux boîtes de corned-beef ?

— Tu ne te débrouillais pas mal, c'est vrai, admit Frank en souriant.

— Je sais ce que je fais, tu verras. J'ai retenu une table ce soir pour nous deux au Harry's Bar, nous y retournerons à trois demain soir. Tout le monde me connaît, du patron au dernier gâte-sauce, ils se mettront en quatre pour se procurer une dinde « et le reste ». Venise n'est quand même pas le bout du monde, ni l'Italie un pays de sauvages.

— Je te connais trop bien pour discuter, Bill. Et qui est cette charmante personne ?

— Elle s'appelle Vanessa Stewart, elle est de New York et elle savait qui j'étais.

— Voyons, Bill, ne prends pas cet air étonné ! dit Frank avec un éclat de rire. Tous les Américains te connaissent. Pense donc, tu exhibes ta bouille sur leurs écrans de télévision sept jours sur sept.

4

Le lendemain soir, Frank et Bill attendirent comme convenu Vanessa Stewart au bar du Gritti.

— Il est déjà sept heures vingt, dit Frank en regardant sa montre. Nous aurait-elle posé un lapin ?

— Un lapin ? répliqua Bill en riant. A des journalistes mondialement célèbres comme nous ? C'est inconcevable, voyons ! Depuis le temps, tu devrais savoir mieux que personne que nous sommes ir-ré-sis-tibles...

— Arrête, tu n'es pas drôle.

— D'accord, d'accord. Sérieusement, je ne crois pas que ce soit son genre.

— Qu'est-ce qui te le fait dire ?

— Fie-toi à mon intuition, répondit Bill avec assurance. Nous ne nous sommes pas beaucoup parlé hier, mais elle ne m'a pas fait l'effet d'une écervelée. Cette fille a de la classe, elle nous aurait téléphoné pour se décommander et s'excuser. Elle n'est pas du genre à poser des lapins par étourderie ou pour se rendre intéressante, je te le répète.

— Puisque tu le dis… Après tout, c'est un privilège féminin bien établi que d'arriver en retard aux rendez-vous.

Il avait à peine fini sa phrase que Vanessa Stewart apparut à la porte et traversa la pièce, d'une démarche rapide mais pleine d'aisance, en direction des deux amis qui se levèrent à son approche.

De taille moyenne, svelte, gracieuse, elle était vêtue d'un ensemble de velours frappé bordeaux et portait sur le bras un manteau de laine assorti. Son pantalon étroit, sa tunique floue au décolleté carré et aux manches longues, terminées par des poignets évasés, lui donnaient une allure presque médiévale. Elle avait pour seuls bijoux un collier torsadé en perles de verre améthyste et rubis et de petites médailles d'or aux oreilles.

La mine contrite, elle s'arrêta devant les deux amis, qui avaient suivi sa marche d'un regard admiratif.

— Désolée de vous avoir fait attendre, s'excusa-t-elle. C'est bien involontaire, croyez-moi, j'étais retenue à une réunion de travail. Il était si tard quand je suis rentrée à l'hôtel que j'ai préféré me changer le plus vite possible plutôt que de perdre davantage de temps en vous téléphonant au bar pour vous prévenir.

— Vous êtes descendue au Gritti? demanda Frank.

— Oui, comme toujours quand je suis à Venise.

— Inutile de vous excuser, affirma Bill avec un large sourire. Vanessa, je vous présente mon ami Francis Peterson, correspondant de *Time*. Frank, Vanessa Stewart.

— Enchantée de faire votre connaissance, dit-elle en serrant la main de Frank.

— Tout le plaisir est pour moi, répondit celui-ci.

Pendant les présentations, Frank l'avait discrètement observée et ne pouvait qu'approuver les commentaires flatteurs de Bill. Ses grands yeux gris éclairaient un visage aux traits piquants sous de courtes boucles brunes. Pour n'être pas classique, sa beauté encore juvénile n'en était pas moins attirante. Elle lui rappelait quelqu'un, mais la ressemblance lui échappa de prime abord.

Vanessa posa son manteau sur le dossier d'une chaise, s'assit et croisa ses longues jambes.

— Aimez-vous le champagne? s'enquit Bill. Ou préférez-vous autre chose?

— Le champagne me convient tout à fait, merci.

Le serveur, dûment convoqué, apporta la bouteille et remplit les verres. Puis, après avoir trinqué, Bill voulut satisfaire sa curiosité.

— Vous parliez d'une réunion de travail. Vous êtes donc à Venise pour affaires?

— En effet. Je suis créatrice de verreries, que je fais fabriquer pour la plupart à Murano. J'ai donc très souvent l'occasion de venir à Venise.

— Et vous êtes originaire de New York? demanda Frank.

— J'y suis née et j'habite toujours Manhattan.

— Quelles verreries créez-vous? intervint Bill.

— Toutes sortes d'objets décoratifs, des vases, des flacons, des plaques, des plats. Je dessine aussi des bijoux, comme le collier que je porte, mais je conçois surtout des articles pour la maison. L'année dernière, j'ai créé en exclusivité pour Neiman-Marcus, une gamme complète qui a très bien marché. Je suis ici en ce moment pour superviser la sortie de la prochaine collection.

— Elle est donc en cours de fabrication?

— Oui, dans l'une des plus anciennes verreries de Murano. J'ai toujours apprécié leurs productions, qui sont parmi les plus belles du monde — à mon avis, du moins.

— Où avez-vous fait vos études? voulut savoir Frank.

— A l'école de design de Rhode Island, mais j'ai aussi passé un an à Venise pour me perfectionner.

— Vous avez vécu à Venise? s'exclama Bill. Comme je vous envie! J'adore cette ville.

— Moi aussi, approuva-t-elle avec un sourire chaleureux. La Sérénissime mérite amplement son nom, vous ne trouvez pas? Je me suis toujours sentie bien ici, à la fois sereine et pleine de vitalité. Je dirais même que Venise est une manière d'être — un état d'âme, si vous préférez.

— Je vois très bien ce que vous voulez dire

Frappé par l'identité de leurs sentiments, il la regarda fixement jusqu'à se sentir absorbé par le miroir de ses yeux gris. Un instant plus tard, gêné de son insistance et de l'impérieux désir physique qu'elle éveillait soudain en lui, il se détourna et but une gorgée de champagne. Conscient de l'embarras de son ami, Frank prit le relais.

— Dites-moi, Vanessa, où avez-vous l'habitude de fêter Thanksgiving?

— Tout dépend des circonstances. Avec ma mère quand nous nous trouvons au même endroit. Parfois avec mon père si elle est en voyage.

— Votre mère voyage donc beaucoup ?

— Oui, énormément.

— Pour son plaisir ? insista-t-il.

— Non, surtout pour son travail.

— Et que fait-elle ?

— Elle est actrice.

— De théâtre ?

Bill buvait son champagne à petites gorgées, en se disant que Frank exagérait et se montrait indiscret envers la jeune femme. En même temps, il écoutait ses réponses avec attention, heureux d'en apprendre le plus possible sur son compte. Elle l'intriguait et l'attirait plus qu'aucune autre femme depuis de longues années.

— Oui, ma mère fait du théâtre, répondit Vanessa, mais aussi beaucoup de cinéma.

— Nous la connaissons, alors ? intervint Bill.

— C'est possible, dit-elle en riant. Valentina Maddox.

— Vraiment ? s'écria Bill. Maintenant que vous nous dites son nom, je m'aperçois que vous lui ressemblez beaucoup.

— Vous me rappelez aussi Audrey Hepburn à l'époque de *Sabrina,* dit Frank. Je n'avais pas tout de suite établi la ressemblance quand vous êtes arrivée. Vous l'a-t-on déjà dit ?

— Plus d'une fois, répondit-elle en riant.

Frank poursuivit son interrogatoire :

— Vos parents sont sans doute divorcés ?

— Oui, mais ils sont restés bons amis. Ils se voient assez souvent quand ils sont en même temps à New York. Mon père y habite en permanence. Ma mère passe le plus clair de son temps à courir le monde pour son métier.

— Avez-vous des frères et sœurs ? voulut savoir Bill.

— Non, mais…

Vanessa lança un regard inquisiteur aux deux hommes assis en face d'elle.

— Mais que de questions ! reprit-elle en riant à nouveau. Votre curiosité est insatiable.

— Déformation professionnelle, répondit Frank avec un sourire penaud. Que voulez-vous, nous autres journalistes nous sommes incorrigibles.

C'était une belle nuit, claire et froide. Tel un globe d'argent dans un écrin de velours noir, la pleine lune brillait dans un ciel limpide, constellé de milliers d'étoiles. Les trois amis se hâtaient dans les rues quasi désertes, où l'écho de leurs pas résonnait sur les pavés.

— Regardez cette lune, les ombres qu'elle

sculpte sur les façades, ses reflets sur les canaux! dit Bill. Hollywood n'aurait pas fait mieux. Venise est vraiment le plus fabuleux des décors de film.

— C'est ce que dit ma mère, renchérit Vanessa. À chaque fois qu'elle vient me voir, elle croit faire son entrée sur une scène de théâtre. Mais c'est sans doute de la déformation professionnelle, ajouta-t-elle à l'adresse de Frank avec un sourire malicieux.

— Elle a quand même raison, approuva Bill.

Il lui prit le bras sous prétexte de la guider vers une étroite ruelle. Le contact de son corps, son discret parfum de fleurs le grisèrent aussitôt. L'attrait magnétique qu'il avait ressenti la veille en la voyant pour la première fois se manifestait de nouveau, plus puissant que jamais.

— Vous savez sans doute déjà tout sur le Harry's Bar, dit-il un instant plus tard pour rompre le silence.

— Pas vraiment, répondit-elle. J'y suis allée une ou deux fois avec mes parents. Ernest Hemingway y avait ses habitudes, je crois?

— Lui et beaucoup d'autres célébrités. Le restaurant a été fondé dans les années trente par le barman d'un grand hôtel, Giuseppe Cipriani, qui avait prêté de l'argent à un Américain, Harry Pickering, pour le dépanner. Quand Harry a remboursé Giuseppe, il a voulu lui manifester sa reconnaissance en lui donnant une somme assez importante pour ouvrir son propre bar. Cipriani l'a baptisé de son nom en son honneur.

— C'est une belle histoire, commenta Vanessa.

Elle ne put réprimer un léger frisson et releva le col de son manteau.

— Avez-vous froid ? s'enquit Bill avec sollicitude.

— Non, non, ça va.

— Rassurez-vous, nous arrivons, déclara Frank. Nous serons au chaud dans un minute.

Ils furent royalement accueillis par le patron en personne, Arrigo Cipriani, descendant du fondateur, qui les escorta à la meilleure table réservée à leur intention.

— Si nous prenions un Bellini pour fêter l'occasion ? suggéra Bill lorsqu'ils furent assis.

— Bonne idée, approuva Frank.

Le serveur parti, Vanessa demanda à mi-voix :

— Pardonnez mon ignorance, mais qu'est-ce qu'un Bellini ? Je crois me rappeler que c'est à base de champagne.

— En effet, avec du jus de pêche.

— Ah, oui ! Je m'en souviens. C'est délicieux.

Un climat de réelle camaraderie s'était établi entre eux. Loin de s'offusquer de l'interrogatoire auquel ils l'avaient soumise, Vanessa n'y avait vu qu'une signe de leur désir de mieux la connaître. De leur côté, ils étaient séduits par sa simplicité, son caractère ouvert, sa bonne humeur. Aussi la conversation se poursuivit-elle dans une atmosphère de franche gaieté.

Bill rappela au maître d'hôtel qu'il avait commandé le plat principal la veille au soir. L'employé se borna donc à leur demander quelles entrées ils souhaitaient. Puis, pendant que Frank étudiait la carte des vins, Vanessa s'excusa et quitta un instant la table pour se rendre aux toilettes.

— Alors, qu'en penses-tu ? lui demanda Bill.

— Elle est charmante. Et tu as raison, elle n'a rien d'une snob ni d'une écervelée. De fait, je la croirais presque trop sérieuse.

— En tout cas, elle me plaît beaucoup.

— Ça me paraît un peu faible, Bill !

— Que veux-tu dire ?

— Tu es littéralement béat d'admiration devant elle. Et je mettrais ma tête à couper que la réciproque est vraie. Vous finirez plus tôt que tu ne le crois dans les bras l'un de l'autre — et c'est un euphémisme.

— Tu exagères ! Je n'en suis pas sûr du tout.

— En ce qui te concerne, ou de son côté à elle ?

— Les deux.

Un éclair malicieux dans le regard, Frank se pencha vers son ami avec un sourire entendu.

— Billy, mon garçon, crois-moi sur parole : tu es déjà en route pour le septième Ciel ! Elle a tout ce que tu aimes et que tu apprécies chez une femme, tu n'y résisteras pas. Quant à elle, elle te dévore littéralement du regard. Tu l'intrigues, tes attentions la flattent — parce que tu es quand même une célébrité dans ton genre, ne le nie pas, et que les femmes y sont toujours sensibles, même quand elles disent le contraire. Elle boit tes moindres paroles comme du champagne millésimé.

— Tu exagères, je te le répète !

— Pas le moins du monde, crois-moi. Je ne suis pas aveugle et je vous observe, elle et toi, depuis bientôt deux heures. Vous vous évertuez l'un et l'autre à le cacher, mais vous êtes bel et bien en train de tomber amoureux.

Bill réfléchit un instant.

— Je voudrais bien savoir qui est cet Italien, Giovanni, grommela-t-il.

— Nous aurions mauvaise grâce à le lui demander. De toute façon, elle ne porte pas d'alliance, ni même rien qui ressemble à une bague de fiançailles.

— Cela ne signifie rien, à notre époque. Et elle nous a elle-même appris qu'elle vient souvent ici.

— Ce qui ne veut rien dire non plus, Bill. Ecoute-moi, cette jeune femme-là…

Frank se tut en voyant Vanessa revenir vers leur table. Bill se leva pour lui présenter sa chaise.

— Vous parliez tout à l'heure avec le maître d'hôtel du plat principal, dit-elle avec un sourire. Vous ne leur avez quand même pas demandé de faire rôtir une dinde ?

— Mais si ! J'ai commandé une dinde avec « tout ce qui s'ensuit », comme en Amérique. Heureusement, ce cher Arrigo a de la ressource, il a pu se procurer le nécessaire à temps. Je ne pouvais pas faire moins, ajouta-t-il, c'était votre condition *sine qua non.*

Elle le dévisagea, muette de stupeur, jusqu'à ce qu'un sourire incrédule lui vienne enfin aux lèvres

— Mais… je ne l'avais dit que pour plaisanter, voyons ! Je ne m'attendais pas le moins du monde à ce que vous trouviez une dinde à Venise.

Ce fut au tour de Bill de la dévisager avec une stupeur égale à la sienne.

— Voyez-vous, reprit-elle en posant sur son bras une main plus légère qu'une plume, c'était avec *vous* que je voulais fêter Thanksgiving. Avec ou sans dinde.

5

La prédiction de Francis Peterson se réalisa :
Bill et Vanessa tombèrent follement amoureux
l'un de l'autre. Mais, ainsi que Bill en conviendrait plus tard, ils l'étaient sans doute déjà au
Harry's Bar, le soir de Thanksgiving.

Ils attendirent toutefois un certain temps
avant de s'avouer leurs sentiments. C'est au cours
du week-end qu'ils apprirent à se connaître. De
fait, les trois amis ne se quittèrent pour ainsi dire
pas le vendredi et le samedi, jusqu'au départ de
Frank.

Pendant ces deux journées, Vanessa s'institua
leur cicérone et les emmena dans des endroits
dont Bill lui-même, qui se vantait pourtant de
connaître Venise comme s'il y était né, ne soup-
çonnait pas l'existence. Elle leur fit découvrir des
galeries d'art uniques en leur genre, des chapelles
privées, des musées insolites ne figurant dans
aucun guide, des cafés et des *trattorie* connus seu-

lement des vrais Vénitiens, des boutiques rares aux adresses plus jalousement gardées par les initiés que des secrets d'Etat.

Frank et Bill tenant à visiter la verrerie chargée de réaliser ses modèles, elle les emmena aussi à Murano, centre de ses activités professionnelles. Plus encore que le fascinant processus du soufflage du verre et de son modelage manuel, inchangé depuis des siècles, ce furent la qualité et l'imagination qui éclataient dans chacune de ses créations qui impressionnèrent les deux amis. Ils se rendirent alors pleinement compte qu'elle n'était pas une simple designer de talent, mais bien une véritable artiste.

Ce soir-là, ils accompagnèrent Vanessa à un cocktail donné par l'un de ses vieux amis, ancien condisciple de son école d'art et propriétaire d'un palazzo situé dans le quartier du Rialto, sur l'autre rive du Grand Canal qu'ils traversèrent en gondole.

Si la façade, quelque peu délabrée, ne leur parut guère engageante, les deux journalistes découvrirent l'intérieur avec une surprise émerveillée. Décorateur et architecte, Carlo Mezanno, leur hôte, avait admirablement restauré le bâtiment où il entassait des trésors. Il leur fit visiter les salons, décrivit l'histoire et la provenance des objets d'art, des tableaux, des sculptures qui les peuplaient. Aux chefs-d'œuvre anciens se mêlaient des œuvres contemporaines sélectionnées avec discernement. Parmi celles-ci, quelques sculptures en verre réalisées par Vanessa se remarquaient pour la fluidité de leurs lignes d'une exceptionnelle beauté.

Les trois amis passèrent près d'une heure au cocktail, où se pressait un élégante assistance internationale. Ils y côtoyèrent des artistes locaux, une star française mondialement célèbre, un dramaturge anglais dont les pièces faisaient salle comble des deux côtés de l'Atlantique, un architecte américain renommé pour la hardiesse de ses conceptions.

Leur gondole, retenue pour la soirée, les emmena ensuite dans l'île de La Giudecca, où Vanessa les invita à dîner au Harry's Dolci, la succursale pleine de charme et d'intimité du Harry's Bar. Après avoir pris le café et les digestifs à l'hôtel Cipriani, ils regagnèrent Venise en gondole.

— Nous voici devenus aussi inséparables que les Trois Mousquetaires, dit Frank en riant quand ils remontèrent dans leur embarcation.

— J'espère bien que nous le resterons! renchérit Bill.

Le lendemain, samedi, ne voulant pas être en reste de découvertes hors des sentiers battus, Bill loua une autre gondole. Par de petits canaux peu fréquentés, ils arrivèrent à une vieille maison située à la périphérie de Venise, où se dissimulait un restaurant, fréquenté par des habitués et réputé pour sa cuisine familiale, que Bill connaissait de longue date. Ce fut une soirée pleine de gaieté, de plaisanteries, de confidences, pendant laquelle naquit entre eux une profonde amitié qui s'épanouissait chaque instant davantage.

Alors que le repas s'achevait, Frank leva son verre.

— Buvons aux *vrais* amis — les vieux et les plus récents. Vous savez, Vanessa, poursuivit-il en souriant, il vous fallait un caractère en or pour nous avoir si bien supportés. Moi surtout, avec mes questions assommantes. Je n'oublierai jamais ces deux jours avec vous, Vanessa. Vous avez été une véritable bouffée d'air pur.

Ce compliment inattendu la fit rougir. Frank l'avait beaucoup taquinée, ce qui lui rendait plus sensible son hommage.

— Merci, Frank. J'ai pris moi aussi un immense plaisir à vous connaître, répondit-elle timidement.

— En tout cas, reprit Frank en regardant tour à tour Bill et Vanessa, vous allez me manquer, vous deux. Surtout toi, William Patrick. Sans toi,

72

les champs de bataille ne sont plus ce qu'ils étaient.

— C'est vrai, Francis. Mais qui sait? Nous nous retrouverons peut-être plus tôt que nous ne le pensons.

— J'y compte bien!

Peu après, en sortant du restaurant, Vanessa frissonna et se rapprocha de Bill, qui la serra contre lui en un geste protecteur.

Car Venise en hiver, surtout la nuit, peut paraître mystérieuse, voire inquiétante. Sur l'eau noire des étroits canaux mal éclairés, la gondole glissait dans un silence seulement troublé par le léger clapotis de la rame. La brume estompait les maisons jusqu'à leur donner par moments des allures fantomatiques, l'humidité rendait le froid encore plus pénétrant. Blottis les uns contre les autres, impressionnés malgré eux par cette atmosphère irréelle, les trois amis n'échangèrent que quelques mots à voix basse pendant tout le trajet de retour au Gritti.

— Je suis contente d'être arrivée, dit Vanessa en débarquant sur le ponton de l'hôtel sans pouvoir réprimer de nouveaux frissons. Venise la nuit me fait quelquefois peur, surtout par un temps comme celui-ci...

Elle s'interrompit, soudain honteuse de ses craintes irrationnelles. N'avait-elle pas deux

73

hommes avec elle pour la protéger — sans compter le gondolier, aux muscles rassurants et au sourire amical ?

Ils se souhaitèrent bonne nuit dans le hall avant de regagner leurs chambres respectives, chacune à un étage différent. Frank, qui devait partir le lendemain matin pour Milan prendre un vol direct pour New York, embrassa Vanessa sur les deux joues. Puis, comme à l'accoutumée, Bill et lui se donnèrent une fraternelle accolade.

— A un de ces jours, William, dit-il avec une feinte désinvolture en s'éloignant vers l'ascenseur.

Il allait y pénétrer lorsqu'il se retourna vers eux, la mine soudain grave.

— Veillez bien l'un sur l'autre, lança-t-il avant de disparaître derrière les portes coulissantes.

Bill et Vanessa se dévisagèrent en silence avec étonnement.

— Quelle étrange déclaration, dit-elle enfin.

— Pas vraiment, répondit Bill. Voyez-vous, il est au courant des sentiments que vous... vous m'inspirez.

— Lesquels, Bill ? demanda-t-elle en le fixant. Embarrassé, il s'éclaircit la voix :

— Eh bien, disons... une extrême attirance, Vanessa.

— Et il sait, je pense, que la réciproque est vraie ? dit-elle sans baisser les yeux.

La franchise de cet aveu le troubla malgré lui.

— Ce que vous venez de dire est vrai, Vanessa ?

— Oui, Bill. Tout à fait vrai.

Il y eut un silence.

— Frank ne s'était donc pas trompé, dit-il enfin. Il savait exactement ce que nous éprouvions l'un pour l'autre. Il l'avait senti dès le début et me l'affirmait alors que je refusais encore d'y croire.

— Votre ami est très intuitif, dit-elle à mi-voix.

— Je sais, j'ai eu maintes fois l'occasion de le vérifier.

Un nouveau silence retomba. Bill hésita :

— Si nous buvions un dernier verre ? Quelque chose de chaud, peut-être ?

Un léger sourire apparut sur les lèvres de Vanessa.

— Volontiers, Bill. Mais pas ici.

Le soulagement fit briller le regard de Bill, qui ne put retenir un bref éclat de rire joyeux.

— Votre chambre ou la mienne ?

— La vôtre, voyons ! Vous disposez d'une suite et je ne suis pas aussi luxueusemnt logée.

D'un bras, il lui entoura les épaules et l'en-

75

traîna vers l'ascenseur à l'autre bout du hall. Les portes à peine refermées, il l'attira contre lui et l'embrassa comme il mourait d'envie de le faire depuis trois jours.

Vanessa lui rendit son baiser avec une telle ardeur qu'il en fut brièvement désarçonné. Lorsqu'ils se séparèrent en arrivant à l'étage, il remarqua qu'elle avait le visage rouge et ne put s'empêcher de poser une main sur sa joue.

— Vous brûlez, Vanessa, murmura-t-il.

Elle lui lança un regard qui valait un aveu.

Etroitement serrés l'un contre l'autre, ils parcoururent le couloir d'un pas précipité. Bill ouvrit sa porte puis, ne pouvant se dominer davantage, la referma du pied et reprit Vanessa dans ses bras. Alors, avec une ardeur égale, ils donnèrent enfin libre cours à la passion qui les consumait.

Si souvent galvaudée, l'expression « coup de foudre » se révéla cette fois trop faible, car ils étaient comme frappés du feu céleste. Leurs lèvres soudées en un baiser par lequel ils échangeaient leurs âmes avec leur souffle, leurs corps enlacés en une étreinte qui attisait leur impatience et laissait tout présager, ils n'eurent conscience d'avoir traversé l'appartement jusqu'à la chambre et de s'être dévêtus qu'en se retrouvant nus, étendus sur le lit, enfin prêts à assouvir leur faim dévorante.

— Je te veux, Bill, murmura-t-elle d'une voix rauque.

Avec une sorte de révérence émerveillée, il la prit dans ses bras, la couvrit de baisers.

— Je t'attendais depuis si longtemps, Vanessa. Nous nous sommes enfin trouvés, ajouta-t-il en un murmure.

Bientôt, emportés par le même ouragan, ils se fondirent l'un dans l'autre et parvinrent ensemble au sommet d'une extase totale, jamais connue auparavant.

6

Bien plus tard, blottis l'un contre l'autre, ils laissèrent s'apaiser leur fièvre.

— Je rêvais de cet instant depuis la première fois que je t'ai vue, dit Bill en serrant Vanessa dans ses bras. Depuis que j'ai failli te faire tomber dans la rue.

— Moi aussi, Bill.

— Bien vrai, Vanessa?

— Je n'ai jamais été plus sincère.

Une question lui monta aux lèvres, qu'il se reprocha aussitôt de n'avoir pu retenir :

— Qui est Giovanni?

Elle leva les yeux vers lui, déconcertée.

— Comment sais-tu son nom?

— Je t'ai entendue l'appeler, quand tu t'es éloignée après que je t'ai rendu ton chapeau.

— Oui, c'est vrai... Giovanni est un vieil ami. Nous suivions des cours ensemble, il m'a souvent rendu des services.

— Est-il ton amant?

— Bien sûr que non! Il vit d'ailleurs avec quelqu'un depuis des années. Un homme, ajouta-t-elle en hésitant.

Bill réprima un soupir de soulagement.

— Dis-moi, reprit-il au bout d'un moment. Frank et moi t'avons posé des tas de questions mais, comme nous ne sommes pas des mufles, nous ne t'avons pas demandé ton âge.

— Il n'a rien de secret, mon chéri. Je vais bientôt avoir vingt-huit ans. Et toi, tu en dois en avoir près de trente-cinq, n'est-ce pas?

Un éclat de rire amusé lui échappa.

— Merci mille fois! dit-il en posant un baiser sur ses cheveux. Je n'en ai que trente-trois, mais le métier vieillit, c'est vrai… Au fait, je t'ai entendu dire à Murano que tu devais rester jusqu'au milieu de la semaine. Tu ne partiras donc pas avant mercredi ou jeudi?

— Oui, au plus tôt mercredi. J'ai encore beaucoup de détails à régler à la verrerie lundi et mardi.

— Pourrons-nous au moins nous voir tous les soirs jusqu'à ton départ?

— Naturellement! J'y tiens autant que toi, Bill.

— Ecoute, je compte passer une partie du

mois de décembre à New York, les vacances de Noël en tout cas. Y seras-tu aussi, Vanessa ?

— Oui, bien sûr... Il faut que je te dise quelque chose, Bill, ajouta-t-elle après une hésitation marquée.

Il sentit dans sa voix un réticence qui lui fit froncer les sourcils.

— Vas-y, je t'écoute.

Elle reprit haleine comme si elle se jetait à l'eau :

— Eh bien... je suis mariée.

Il resta d'abord sans réaction. Un instant plus tard, il la lâcha, se redressa contre les oreillers. Vanessa se tourna vers lui et ils se dévisagèrent sans mot dire. Elle lut dans son expression moins d'étonnement que de peine.

— Ne m'en veux pas, mon chéri, dit-elle d'une voix étouffée. Et ne me regarde pas comme cela, je t'en prie.

— Quel air voudrais-tu que je prenne ? Je suis déçu que tu m'aies menti, je ne te le cache pas.

— Non, je ne t'ai pas menti ! Nous n'avons jamais parlé de nos situations de famille respectives.

— Disons que tu as menti par omission.

— Et ta vie privée, Bill ? Est-ce que je sais, moi, s'il y a une femme dans ta vie ? On n'a pas besoin de signer un papier officiel pour s'engager envers quelqu'un, les liens ne sont pas plus forts ni l'affection moins vive. A ton tour de me répondre : vis-tu avec une femme ?

— Non.

Vanessa garda le silence.

— Et toi, reprit Bill. Vis-tu avec ton mari ?

— Si on veut...

— Ce n'est pas une réponse. Que veux-tu dire ?

— Il est absent les trois quarts de l'année, j'ai mon atelier à Long Island, à Southampton, où je passe moi aussi le plus clair de mon temps. Nous nous voyons rarement.

— Et quand vous êtes ensemble, vous reprenez le cours normal de votre vie conjugale ?

Elle se contenta de hausser les épaules.

— Couchez-vous ensemble ? insista Bill.

Vanessa ne répondit toujours pas.

— Qui ne dit mot consent, reprit-il avec amertume. J'en déduis que vous faites l'amour.

— Notre mariage est un échec...

Il l'interrompit d'un éclat de rire sarcastique :

— Ah ! Le calvaire de la femme mariée incomprise !

— Non, ce n'est pas cela du tout ! s'écria-t-elle.

Elle sauta du lit, courut à la salle de bains et revint un instant plus tard drapée dans un peignoir. Assise au bord du lit, elle lui prit la main et le regarda dans les yeux.

Bill soutint son regard, en proie à des émotions contradictoires qu'il s'efforçait de clarifier. Avoir fait l'amour avec autant de passion partagée lui donnait un sentiment de plénitude et d'euphorie dont il avait oublié jusqu'à l'existence. Il était à l'aise avec Vanessa comme s'il la connaissait depuis toujours. Il aspirait à resserrer leurs liens, et tenait tant à elle qu'il ne voulait pas prendre le risque de la perdre. Apprendre qu'elle n'était pas libre lui faisait l'effet d'une balle en pleine poitrine.

— Je t'en prie, Bill, ne te fâche pas. Laisse-moi t'expliquer.

— Je ne suis pas fâché, dit-il sans parvenir à effacer l'amertume de sa voix. Je t'écoute.

— Peter est un avocat d'affaires connu, spécialisé dans le monde du spectacle. Sa clientèle, ses dossiers l'appellent le plus souvent à Hollywood. Ce n'était pas comme cela au début, mais ses activités se sont développées ces dernières années. Je voyage beaucoup, moi aussi, si bien que nous vivons de plus en plus chacun de notre côté. Mais c'est un homme foncièrement bon et droit. Il m'a beaucoup soutenue dans ma profession et m'encourage encore, je l'aide de mon mieux, c'est pourquoi nous... sauvons les apparences, si tu me passes l'expression. Notre ménage bat de l'aile, c'est vrai, mais il n'est pas tout à fait mort.

— N'as-tu jamais songé à le quitter ?

— Non. Comme je viens de te le dire, il est foncièrement bon. Je ne voudrais pas lui faire de mal.

— Mais toi, Vanessa ? N'as-tu pas le droit d'être heureuse, d'avoir des rapports normaux avec un autre homme ?

— Je ne crois pas qu'on puisse bâtir son bonheur sur le malheur de quelqu'un d'autre, Bill.

— Je sais, je te comprends, mais...

— Peter s'écroulerait si je le quittais, l'interrompit-elle. Je ne veux pas avoir cela sur la conscience.

— Avez-vous des enfants ?

— Non, malheureusement... ou peut-être heureusement.

— Et depuis combien de temps êtes-vous mariés ?

— Quatre ans.

— L'aimes-tu encore ?

— En un sens, je tiens à lui — malgré tout... Elle s'interrompit, pensive.

— Vois-tu, reprit-elle, nous nous connaissons depuis très longtemps. Nous avons toujours été bons amis, nous avons beaucoup de choses en commun. Dès le début de ma carrière, Peter m'a encouragée, il ne s'est jamais mis en travers de ma route. C'est un homme droit, honnête, je te le répète. Je le respecte, je l'admire à bien des égards, j'ai pour lui beaucoup d'affection, mais...

— Mais tu n'es plus amoureuse de lui, si je comprends ce que tu cherches à me dire ?

— C'est exact. Ecoute, Bill, poursuivit-elle avec véhémence, comment pourrais-je être ici en ce moment avec toi si je l'aimais encore ?

Bill ferma les yeux et laissa échapper un soupir.

— Je regrette seulement que tu ne m'aies pas dit que tu étais mariée, voilà tout.

— J'en avais l'intention, je t'assure. Et puis, nous nous amusions si bien ensemble, tu me plaisais tant... Je voulais rester avec toi, près de toi. Je craignais que tu ne te désintéresses de moi en apprenant que j'avais un mari.

— Tu aurais quand même dû être franche avec moi.

— Et toi, l'as-tu été avec moi ?

Bill rouvrit les yeux, se redressa.

— Oui. Je ne t'ai rien caché, moi. Il n'y a pas de femme dans ma vie. Tu sais que je suis veuf — le monde entier est au courant ! Depuis la mort de Sylvie, je n'ai eu aucune liaison sérieuse. Oh ! je ne dis pas, j'ai eu quelques aventures par-ci par-là mais, depuis six ans, je n'ai aimé personne — aimé d'amour, s'entend. Si tu veux la vérité, je croyais que nous nous étions trouvés, toi et moi. Que nous abordions quelque chose d'extraordinaire. Parce que, vois-tu Vanessa, j'aspire à établir des rapports durables avec une femme, à être heureux, à retrouver le bonheur. J'ai sans doute eu tort de penser que ce pourrait être avec toi, voilà tout, conclut-il avec une moue désabusée.

Vanessa ne répondit pas. Les yeux baissés, elle jouait nerveusement avec un coin du drap. Le silence se prolongea.

— Quels sont tes sentiments profonds à mon égard, Bill ? dit-elle enfin. Réponds-moi sincèrement, je t'en prie.

— Nous venons de faire l'amour avec passion et tu me poses cette question ? lâcha-t-il avec un bref éclat de rire amer. La réponse est assez évidente, je crois. J'éprouve pour toi une attirance irrésistible, tu me stimules intellectuellement, tu m'excites physiquement comme peu de femmes l'ont jamais fait. Nous nous entendons comme si nous nous connaissions depuis toujours, j'admire ton talent. Que dire de plus ? Que tu m'as séduit corps et âme ?

— Toi aussi, Bill, tu m'as séduite corps et âme, au point que, depuis deux jours, je suis hors d'état de penser avec lucidité. Tout ce que je sais, c'est que je veux être à toi, avec toi, aussi souvent que nous le pourrons. Mais à cause de ta profession, il est évident que tu repartiras bientôt pour la Bosnie ou Dieu sait où. De mon côté, je ne peux ni ne veux abandonner mon métier…

Elle dut s'interrompre pour essuyer les larmes qui lui montaient aux yeux.

— En deux mots, vois-tu, j'espérais que nous pourrions être ensemble à chaque fois que nous le pourrions et puis… voir comment cela se passerait ensuite.

— Autrement dit, voir venir et laisser les choses s'arranger d'elles-mêmes ?

— Pourquoi pas ? A chaque fois que ma mère doit faire face à des difficultés, elle me dit : « Vanny, la vie se charge parfois de résoudre les problèmes qu'elle nous pose. Et elle le fait souvent pour le mieux. » Qualifie si tu veux cette philosophie de fatalisme, d'empirisme, que sais-je ? Il n'empêche qu'elle n'a jamais cessé de la pratiquer et s'en est toujours bien trouvée.

Bill la dévisagea longuement avant de répondre :

— Ce que tu suggères, si je t'ai bien comprise, c'est que nous ayons une liaison. Une liaison secrète, parce que tu ne veux pas faire de peine à ton mari.

— La manière dont tu présentes ça, c'est... affreux!

— Ce n'est pourtant que la vérité. Je suis journaliste, que veux-tu, et un journaliste doit toujours chercher et proclamer la vérité.

Vanessa se mordit les lèvres. Les larmes qu'elle avait réussi à maîtriser ruisselèrent sur ses joues.

— Ne pleure pas, voyons! s'écria Bill.

Il tendit un bras, l'attira contre lui. Puis, après avoir essuyé ses larmes du bout des doigts, il posa ses lèvres sur les siennes en un long et tendre baiser.

— Dis-moi que tu n'es pas fâché contre moi, Bill, lui dit-elle lorsqu'ils se séparèrent pour reprendre haleine.

— Non, je ne suis pas fâché. Egoïste, plutôt. Comme la plupart des hommes, je voudrais que tout se passe toujours de la manière qui me convient. Tu n'as pas commis de crime, Vanessa. De toute façon, pourquoi te ferais-tu du souci pour moi? ajouta-t-il en riant. Je passe mon temps à esquiver les coups durs. En jargon d'assureur, je suis un mauvais risque.

— Ne dis pas des choses pareilles! s'écria-t-elle.

Il la serra plus fort dans ses bras, se pencha vers elle et lui chuchota à l'oreille :

— Eh bien, oui, je l'avoue. Je veux être ton amant. Et maintenant, débarrasse-toi au plus vite de cet horrible peignoir pour que je te démontre combien j'en suis digne.

7

Le lendemain, dimanche, il faisait un temps radieux. Les brumes s'étaient évaporées, l'air était pur et vivifiant, moins froid que les derniers jours. Aucun nuage ne déparait le ciel bleu, dans lequel brillait un soleil éclatant qui faisait miroiter les eaux de la lagune.

Bill et Vanessa arpentèrent longuement les rues et les places en se tenant par la main. Subjugués l'un et l'autre par la magnificence que Venise déployait sous leurs yeux ce jour-là, ils avaient à peine besoin de parler pour échanger leurs impressions ou exprimer leur plaisir d'être ensemble.

Après avoir dépassé l'Accademia, ils descendirent la Calle Gambara puis tournèrent dans la Calle Contarini-Corfù qui débouchait sur la Fondamenta Priuli-Nani.

— Je reconnais ce quartier ! s'exclama Vanessa. Je n'y étais pas retournée depuis des années. C'est bien le vieux chantier naval de San Trovaso qui est devant nous, n'est-ce pas, celui où on répare les gondoles ? dit-elle en montrant les bâtiments de bois délabrés qui se dressaient non loin. J'étais venue ici pour la première fois avec mon père qui voulait visiter l'église de San Trovaso. C'est une des plus anciennes de Venise, si mes souvenirs sont bons, sinon la plus vieille.

— En effet, elle date du dixième siècle. C'est là que je t'emmène pour te montrer un Tintoret sublime, l'un de mes tableaux préférés. Et puisque tu parles du chantier de San Trovaso, on ne se contente pas d'y réparer les gondoles, on en construit encore. C'est même l'un des derniers chantiers navals qui subsiste à Venise.

— Quel malheur que tant de vieux métiers disparaissent, soupira-t-elle avec regret. Mais, Dieu merci, ajouta-t-elle en riant, la verrerie se porte bien !

Après avoir dépassé le chantier naval, ils traversèrent le pont delle Meravegie et virent bientôt le fin clocher de San Trovaso se profiler au-dessus des arbres, contre la toile de fond du ciel azur.

A l'intérieur du sanctuaire, ils s'arrêtèrent afin d'accommoder leur vision à la pénombre. Un instant plus tard, avant de s'engager dans la nef silencieuse, ils se signèrent en faisant une rapide génuflexion. Etonné, Bill comprit que Vanessa était elle aussi catholique, ce qui la lui rendit plus chère encore. Au bout de la nef, il attira son attention sur deux grands tableaux accrochés de part et d'autre du chœur.

— Voilà les Tintoret, dit-il à mi-voix. Ses deux dernières œuvres, peintes en 1594. Viens, je veux te montrer celui que je préfère, l'*Adoration des mages.*

— Je suis heureuse de le revoir, c'est aussi un de mes préférés, répondit-elle. La composition, les harmonies de couleurs, tout est d'une perfection absolue.

— Oui, un chef-d'œuvre unique.

Elle se rendit compte que Bill ne l'écoutait déjà plus. Pétrifié, hypnotisé par le tableau dont il ne pouvait détacher son regard, il avait oublié jusqu'à sa présence. Trop artiste elle-même pour ne pas comprendre sa fascination, Vanessa s'abstint de parler afin de ne pas rompre le charme.

Un long moment plus tard, Bill s'arracha enfin à sa contemplation.

— Quand je regarde ce Tintoret et les chefs-d'œuvre dont Venise regorge, témoins du talent des hommes et de leur capacité à créer de la beauté, je ne peux pas m'empêcher de me demander comment ces mêmes hommes sont aussi capables de perpétrer des atrocités qui défient l'imagination la plus morbide. Ces deux aspects de la nature humaine me semblent parfois… incompatibles.

— Ils coexistent pourtant depuis des siècles, répondit Vanessa en posant la main sur son bras. Venise personnifie le raffinement de la civilisation. Mais alors même que les arts atteignaient ici leur apogée, on tuait son semblable par le fer ou le poison, on condamnait au bûcher ceux qui passaient pour des sorciers ou des hérétiques. Tu sors à peine de la Bosnie, où tu as vu des actes de barbarie qui dépassent l'entendement. Ces images sont encore fraîches dans ton esprit, Bill. Il est normal que tu sois amené à faire la comparaison et que celle-ci te trouble.

— Je sais, tu as raison.

Il se détourna enfin du tableau, lui prit le bras et l'entraîna vers le porche de l'église.

— Tant de beauté dans la peinture, la musique, la poésie permet au moins de nous rendre à peu près supportables les réalités les plus dures que la vie nous inflige, dit-il comme s'il se parlait à lui-même.

— Je le pense aussi, approuva-t-elle.

Au-dehors, le soleil éblouissant, qui le forçait à cligner des yeux, aida Bill à chasser les importunes images de guerre qui étaient revenues le hanter. Respirant à pleins poumons l'air frais et pur qui balayait la petite place, il sentit alors une vague de bonheur monter du plus profond de lui-même et sut avec certitude qu'il la devait à Vanessa, à sa simple présence à ses côtés.

D'un bras, il l'attira contre lui.

— Je suis fou de joie, lui dit-il à l'oreille. Fou de joie de t'avoir rencontrée. Fou de joie que nous soyons ensemble aujourd'hui à Venise. Fou de joie que nous ayons si bien fait l'amour la nuit dernière. Fou de joie de pouvoir passer ces quelques jours avec toi...

Il s'interrompit, le temps de prendre son visage entre ses mains, de le lever vers le sien et de poser un baiser sur ses lèvres.

— Mariée ou non, Vanessa, tu représentes ce qui m'est arrivé de meilleur dans la vie depuis de longues années. Je ne veux qu'une chose, c'est te revoir le plus souvent, le plus longtemps possible — dans la clandestinité s'il le faut, conclut-il avec un regard interrogateur.

— Moi aussi, Bill. A chaque fois que nous le pourrons, partout où nous le pourrons.

Elle lui fit un collier de ses bras, l'attira contre lui et posa ses lèvres sur les siennes.

— Voilà! dit-elle avec un rire joyeux. On ne se dédit jamais d'un marché scellé par un baiser.

Ils éclatèrent du même rire puis, enlacés, partirent dans les rues étroites par lesquelles ils étaient venus. Au Campo dell'Accademia, Bill héla une gondole pour regagner leur hôtel.

A peine embarqués, Bill serra Vanessa contre lui. Il s'étonnait qu'elle ait pris en si peu de temps une telle place dans sa vie, d'autant qu'il ne se croyait pas capable d'éprouver des sentiments aussi profonds pour quiconque en dehors de sa fille et de sa mère. Leur intensité comme leur soudaineté l'émerveillaient.

De son côté, Vanessa nourrissait des pensées identiques. Plus elle se demandait si sa vie pourrait jamais redevenir comme avant, plus elle acquérait la certitude que non. A cause de Bill, son existence était transformée.

Devant eux, l'île de San Giorgio, l'église de La Salute et la Dogana — les « trois perles », que le soleil de cette fin d'après-midi baignait de lueurs dorées — montaient la garde à l'entrée du Grand Canal.

— La lumière de Turner, dit Bill. Regarde, Vanessa, vois-tu la lumière changer, prendre les nuances d'un jaune indéfinissable, précisément celles que Turner a si bien su rendre dans sa série de tableaux sur Venise ? J'ai toujours admiré ses huiles et ses aquarelles.

— Moi aussi. Cette perspective est sans doute la plus belle. La ville entière semble flotter sur la

96

lagune, l'eau change de couleur avec la lumière. C'est... magique.

La beauté du spectacle l'émouvait au point qu'elle sentit des larmes lui piquer les paupières. L'eau et le ciel se fondaient en une lumière iridescente et dorée, les reflets de la ville y jetaient des touches de vives couleurs. Le soleil déjà bas caressait les coupoles de la basilique de rayons argentés et avivait les façades des palais aux cent nuances d'ocre, allant du rose pâle au terre de Sienne brûlée. Et, par-dessus cette symphonie de teintes délicates, le ciel étendait son manteau d'un bleu aussi pur, aussi cru que dans un tableau du Quattrocento.

Avec une majestueuse lenteur, la gondole remontait le Grand Canal. Sur chaque rive, les palais, les maisons hautes et étroites semblaient s'offrir au regard comme des soldats de parade pendant une revue. Vanessa admirait sans pouvoir se lasser. A l'idée que la ville entière et ses innombrables merveilles s'enfonçaient sous les eaux avec une lenteur inexorable et disparaîtraient un jour, elle ne put retenir un frémissement.

Bill le sentit, la serra plus fort contre lui et elle s'abandonna sur sa poitrine, les yeux mi-clos. Oui, elle était décidément, irrévocablement tombée amoureuse de cet homme. Elle n'aurait pas dû, elle le savait. Mais elle se savait incapable de revenir en arrière.

Le crépuscule tombait, un vent froid se levait, des nuages finissaient d'obscurcir le ciel de leur voile gris et triste, mais Bill et Vanessa ne s'en rendaient pas compte. Dans la chaude intimité du bar du Gritti, ils savouraient du chocolat chaud et de délicieuses petites pâtisseries.

— Tu ne m'as pas vraiment dit où tu allais en partant d'ici, Bill. Retournes-tu en Bosnie ?

Le visage soudain assombri, il ne répondit pas aussitôt.

— Oui, mais pour quelques jours seulement, Dieu merci. Je dois faire le point de la situation après la signature des accords de Dayton, rien de plus.

— Cette guerre a dû être atroce pour toi qui devais la suivre au jour le jour. Quand je pense aux horreurs qu'on voyait à la télévision, ce devait être ~~bien~~ pire sur place.

— C'était l'enfer. Littéralement.

— A voir la manière dont tu en parlais à Frank, cela t'a beaucoup marqué.

— Oui, profondément. Cette guerre m'a changé, aussi. On n'assiste pas à une guerre totale et à un génocide sans en garder des traces, vois-tu. La première guerre totale, le premier génocide qu'aient connu l'Europe depuis la fin de la Seconde Guerre mondiale, quand les nazis exterminaient les Juifs, les Tziganes et tous ceux qui avaient le malheur de leur déplaire. Je n'imaginais pas que cela puisse se reproduire un jour. Je ne croyais surtout pas que le monde entier laisserait faire sans réagir — le monde *civilisé!* Non, je ne devrais pas employer ce terme, poursuivit-il avec un rire amer. Personne ne sait plus ce qu'il signifie. Nous avons peut-être encore un léger vernis de prétendue civilisation, mais si mince et si fragile qu'il ne faut pas un grand effort pour le gratter et faire apparaître un monstre en chacun de nous... Pardonne-moi, Vanessa. Un journaliste qui se veut digne de ce nom doit rester impassible, objectif. Comme un observateur venu de Sirius, que rien ne concerne de ce qu'il voit. Un badaud, si tu veux...

— Je comprends. Cela doit t'être difficile, pour ne pas dire impossible.

— Ça l'est devenu, en tout cas. A une époque, je pouvais aller de champ de bataille en catastrophe sans en être le moins du monde affecté ni me poser de questions. La Bosnie a tout changé pour moi. La sauvagerie, la boucherie systématique de civils innocents et désarmés, ce que nous avons vu là-bas était insoutenable. Je ne connais pas de mots assez forts, assez… immondes pour le décrire.

Bouleversée, Vanessa ne répondit pas. Elle lui prit une main, la serra en silence. Bill resta un long moment perdu dans ses pensées.

— Je dois faire un 90 minutes sur le terrorisme, dit-il enfin. Il passera à l'antenne en mars. Je dispose de deux mois pour tourner sur le terrain, janvier et février.

— Tu ne seras donc pas basé à Sarajevo ?

— Non, je me déplacerai dans tout le Proche et le Moyen-Orient.

Elle serra sa main plus fort, se pencha vers lui :

— Pourrons-nous nous voir pendant ce temps ?

— Je l'espère, ma chérie. J'y compte, même.

— Dans ce cas, convenons de nous donner rendez-vous à Venise. Qu'en dis-tu ?

— Que c'est une idée de génie, répondit-il en souriant.

— Quand arriveras-tu à New York, le mois prochain ?

— Vers le 15 décembre, j'ai droit à quinze jours de congé. Pourrons-nous nous y revoir ? ajouta-t-il en la fixant d'un regard inquiet. Cela ne te posera pas de problème ?

— Bien sûr que non ! Mais à une condition. Ou plutôt, j'ai une faveur à te demander.

— Elle est accordée d'avance. Laquelle?

— Peux-tu me présenter ta fille?

— Tu veux réellement faire sa connaissance? Bien vrai?

— Oui, Bill. Sincèrement.

— Eh bien, considère que c'est chose faite. Je vous inviterai toutes les trois à déjeuner, ma mère, Helena et toi. Te rends-tu compte? dit-il en riant. Parader seul en ville avec les trois femmes de ma vie! J'aurai l'impression d'être un vrai pacha.

8

New York, décembre 1995

Vanessa Stewart avait toujours mis un point d'honneur à être franche, envers elle-même comme envers autrui. Aussi loin que remontaient ses souvenirs, mensonges et impostures ne lui avaient jamais inspiré que du mépris.

Pourtant, en cette froide journée de la mi-décembre, elle était bien forcée d'admettre qu'elle se dissimulait la vérité depuis longtemps — du moins dans sa vie privée. Elle se mentait à elle-même sur l'état réel de son ménage, elle mentait à Peter en ne lui ouvrant pas les yeux sur l'échec de leur mariage à presque tous les niveaux. Des mensonges par omission, certes, se dit-elle en reprenant le terme employé par Bill à Venise une dizaine de jours auparavant. Mais ils ne sont pas moins lourds de conséquences.

Mon manque de franchise vis-à-vis de Peter n'a fait qu'aggraver le problème essentiel. J'en suis à blâmer autant que lui, car ce problème, déjà réel, l'est plus que jamais. Regarde la vérité en face, s'adjura-t-elle. Agis en adulte, considère la situation telle qu'elle est. Ce n'est plus la même qu'avant, acceptes-en les implications.

Négligeant les dessins étalés devant elle, Vanessa se livra à un examen objectif de sa vie conjugale. Peter et elle ne communiquaient pour ainsi dire plus. Oubliées les confidences de leurs fiançailles, les conversations à cœur ouvert des premiers temps de leur mariage. Quant à leur vie sexuelle, elle était devenue pratiquement inexistante. S'il leur arrivait encore de faire l'amour, c'était le plus souvent après s'être querellés. Peter y voyait le meilleur moyen de se réconcilier — le plus facile pour lui, en tout cas, pensa-t-elle avec amertume.

Mais là n'était pas le plus grave. Le fond du problème venait de ce qu'ils vivaient de plus en plus chacun de son côté et chacun pour soi. Séparés par les exigences de leurs professions respectives, ils n'avaient presque plus d'intérêts communs. Ils avaient évolué de manière si différente, leurs routes avaient divergé à tel point qu'ils étaient désormais des étrangers l'un pour l'autre.

Notre couple ne mérite même plus ce nom, pensa Vanessa. Ce n'est qu'une fiction, un simulacre. Qu'est-ce qui nous retient encore

ensemble? Plus rien ne nous rapproche que...
que quoi, au juste? L'habitude? Une fidélité mal
comprise? N'est-ce pas plutôt une forme de
paresse, sinon de lâcheté? Restons-nous mariés
faute de savoir où aller — ou avec qui? Sans
doute un peu de toutes ces raisons.

Plus troublée qu'elle n'aurait voulu l'admettre,
elle jeta son crayon et se tourna vers la grande
verrière, sur sa gauche, par laquelle la lumière
entrait à flots.

Son atelier se trouvait au cœur de SoHo, au
carrefour de Mercer Street et de Grand Avenue,
au cinquième étage d'un vieil immeuble de lofts
colonisé par des artistes, comme l'ensemble du
quartier. Vanessa en était tombée amoureuse au
premier coup d'œil, tant à cause de ses vastes
dimensions que de l'extraordinaire qualité de son
éclairage naturel.

La vue de Manhattan qu'on découvrait de la
verrière avait beau lui être familière, elle ne se las-
sait jamais de la contempler. Derrière les
immeubles du dix-neuvième siècle rénovés, ali-
gnés sous ses yeux comme à la parade, les tours
jumelles du World Trade Center dressaient leurs
silhouettes futuristes de verre et d'acier. Deux
siècles, deux mondes qui se côtoient, pensait-elle
souvent. Le passé, le présent. L'avenir aussi, peut-
être?

L'avenir... Le mot tournoya dans sa tête.

Quel est-il, mon avenir?

Continuer à vivre ce faux-semblant avec Peter? Feindre de sauvegarder les vestiges d'un mariage en ruine? Ou bien rompre, tout quitter, tout sacrifier au respect de la vérité?

Etait-ce l'alternative que l'avenir lui offrait? Refaire sa vie sans Peter Smart, le seul homme qu'elle ait jamais connu en dehors de Bill Fitzgerald? Non, se reprit-elle, ce n'était pas exact. Pour être tout à fait honnête avec elle-même, il y avait eu un autre homme dans sa vie : Steven Ellis, son ami d'enfance. Son premier amoureux — et son premier, son seul amant jusqu'à sa rencontre avec Peter.

Maintenant Bill Fitzgerald était son amant. Son amant clandestin. Etait-ce à cause de Bill qu'elle regardait enfin la vérité en face? Leurs rapports l'avaient-ils amenée à ouvrir les yeux pour la première fois depuis des années? Oui, à n'en pas douter. C'est à cause de Bill, lui murmura une insistante voix intérieure. Grâce à la profondeur, à la sincérité des sentiments que tu lui portes.

Un soupir lui échappa. Que faire? Elle ne savait plus. Devait-elle forcer Peter à considérer leur ménage pour ce qu'il était en réalité, une mascarade? Que se passerait-il, alors? Que désirait-elle qu'il advienne ? Peter pourrait réagir en faisant amende honorable, en lui offrant de repartir de zéro, de faire l'effort de retrouver leur intimité évanouie. Le souhaitait-elle ? Accepterait-elle un nouvel avenir avec Peter Smart ?

Ce qu'elle avait dit de lui à Bill n'était que la pure vérité. Peter était un homme foncièrement droit et honnête. Il l'aimait — à sa manière. Il l'avait toujours soutenue et encouragée dans sa carrière, il se souciait de son bien-être et ne lui refusait rien. Elle savait pouvoir se reposer sur lui. Mais elle savait aussi qu'elle le ferait terriblement souffrir si elle le quittait. A bien des égards, il comptait sur elle autant, voire davantage, qu'elle comptait sur lui.

Quelle motif serait assez impérieux pour la pousser à quitter Peter ?

Bill ? Oui, sans aucun doute.

Bill ne t'a pourtant pas demandé de rompre avec Peter, lui souffla insidieusement sa voix intérieure. Il n'a pris aucun engagement envers toi. Il s'est rallié sans hésiter, sans discuter à ton idée de liaison clandestine. De fait, l'idée vient même de lui...

Bill ou pas, il n'était pas moins vrai que sa vie avec Peter était devenue — quel terme choisir ? Stérile ? Oui. Sans but ? Encore oui. Solitaire ? Toujours oui. Ils ne partageaient plus rien parce qu'ils n'avaient plus rien à partager. Telle était, du moins, sa vision de la situation. Peter la voyait peut-être sous un angle différent. Peut-être, aussi, était-il moins exigeant qu'elle.

Et d'ailleurs, qu'attendait-elle au juste du mariage ?

L'amour, moral et physique. Mais aussi une vraie vie de couple, des sentiments partagés, la compréhension mutuelle. Etait-ce trop demander à un homme ? Non, bien sûr ! Pour elle, en tout cas, ce n'était pas trop donner à l'autre.

Dans tous ces domaines, pourtant élémentaires, Peter ne s'était pas montré généreux envers elle ces derniers temps. Etait-ce la raison pour laquelle elle s'était si facilement jetée dans les bras de Bill à Venise ? Oui, répondit sa voix intérieure. Mais aussi — et surtout — parce qu'il avait exercé sur elle un attrait auquel elle n'avait pas pu ni voulu résister. Alors, était-elle tombée amoureuse de lui ? Une fois encore, la voix répondit par l'affirmative. Et d'ailleurs, ne le savait-elle pas déjà ?

L'amour... Dans mon cas, pensa-t-elle, mieux vaudrait parler de folie.

Le crépuscule tombait lorsque Vanessa ferma son atelier et monta dans le taxi qu'elle avait appelé par téléphone. Et tandis que le chauffeur s'insérait dans la circulation du soir, elle revint malgré elle à ses réflexions sur sa vie conjugale et le cours de son avenir.

Ses cogitations de ces dernières heures n'avaient guère été fructueuses, jusqu'à présent du moins. Elle ne discernait encore aucune réponse à ses interrogations. Seule certitude à laquelle elle était parvenue : son escapade vénitienne avec Bill et les sentiments qu'ils avaient partagés avaient eu pour résultat de lui faire prendre conscience de la sévère dégradation de ses rapports avec Peter.

J'ai pourtant horreur des comparaisons, pensa-t-elle. Elles sont le plus souvent injustes. Comment s'empêcher, néanmoins, de comparer l'intimité, la chaleur, le bonheur expérimentés avec Bill et l'aridité de sa vie avec Peter ?

Au fond, Peter la privait d'amour, de même qu'il lui refusait l'enfant qu'elle aurait tant voulu... Elle se hâta de chasser cette pensée importune, qu'elle se sentait hors d'état d'affronter dans son état d'esprit actuel.

Eprouvant soudain le besoin de se changer les idées, elle se pencha vers le chauffeur :

— Je voudrais faire une course au passage. Pouvez-vous me conduire chez Lord & Taylor ?

— Comme vous voulez, m'dame.

Il quitta Madison Avenue pour tourner à gauche dans la 39e Rue en direction de la Cinquième Avenue et se rangea dans une rue transversale.

Vanessa tourna le coin pour aller admirer sur l'avenue les vitrines de Noël, les plus belles de la ville. Depuis son enfance, elle restait fascinée par les évolutions des fabuleux jouets mécaniques et par les scènes de contes de fées, dont la magie ne s'était pas atténuée à ses yeux. Le nez collé à la vitre comme la petite fille qu'elle avait été, elle observa une poupée danseuse en tutu rose, qui pirouettait au son d'un musique diffusée dans la rue par des haut-parleurs dissimulés aux regards des badauds.

Le flot de souvenirs qui remonta alors à sa mémoire lui noua la gorge d'une douce émotion.

S'ils étaient à New York au moment de Noël, ses parents ne manquaient jamais de l'emmener au théâtre voir le ballet *Casse-Noisette* et de lui faire admirer les vitrines des grands magasins, avant d'y entrer pour qu'elle expose ses souhaits au Père Noël. Parfois, selon la pièce ou le film dans lequel jouait sa mère ou que son père, Terence Stewart, mettait en scène, ils se trouvaient en Californie, à Londres, à Paris, mais le rituel était scrupuleusement respecté. Fille unique, Vanessa avait toujours suivi ses parents partout où leur profession les entraînait. Elle n'avait jamais souffert de la vie de bohème qu'ils devaient mener du fait de leurs carrières. Bien au contraire, elle gardait de son enfance de merveilleux souvenirs. Ses parents lui avaient dispensé sans compter leur amour, qu'elle leur rendait avec usure.

Vanessa se détourna enfin de la vitrine, submergée par une vague de tristesse et de solitude. Ce sentiment de vide intérieur l'accablait de plus en plus souvent depuis quelque temps. Elle parvenait généralement à le surmonter, car elle en connaissait la cause — son désir frustré d'avoir un enfant. Peter refusant d'en assumer la responsabilité, elle s'était résignée à enfouir ses aspirations au plus profond d'elle-même et à chercher un dérivatif dans son travail de création. Malgré tout, ce besoin inassouvi revenait parfois lui serrer le cœur.

Une fois encore, elle s'efforça tant bien que mal de le refouler et entra dans le magasin en pensant à Helena, la fille de Bill qu'elle allait rencontrer dans quelques jours. Pour une fillette de son âge, elle aurait sûrement l'embarras du choix, se dit-elle en prenant l'escalator pour monter au rayon des jouets.

Mais elle y passa plus de dix minutes sans rien

trouver qui lui plaise. Déçue, elle repartit les mains vides vers son taxi qui l'attendait.

Lorsqu'elle arriva à son appartement de la 57ᵉ Rue Est, Vanessa constata avec étonnement que son mari était déjà rentré. D'habitude, il ne revenait jamais de son cabinet d'avocat avant sept ou huit heures du soir.

Elle rangeait son manteau dans la penderie de l'entrée quand il sortit de la chambre, des cravates à la main.

— Bonsoir, chérie! dit-il avec un large sourire.

— Tu es rentré de bonne heure, ce soir, répondit-elle en venant à sa rencontre.

— Oui, je voulais faire ma valise avant le dîner.

Il se pencha vers elle, l'embrassa sur les joues.

— Ta valise? Où pars-tu?

— A Londres, demain matin. Je dois voir Alex Lawson. Tu sais qu'il est en plein tournage aux studios de Pinewood en ce moment. Le contrat pour ses deux prochains films est prêt et je dois les lui expliquer avant de le faire signer. C'est plus compliqué que d'habitude.

— Ah, bon? lâcha-t-elle sèchement, le front barré de plis de mauvaise humeur.

— Ne fais pas cette tête-là, Vanessa ! Je serai de retour dans huit ou dix jours au plus tard. Largement à temps pour Noël, en tout cas.

— Faut-il vraiment dix jours pour expliquer un contrat à un acteur ? Je ne savais pas qu'Alex était bouché à ce point.

— Comment oses-tu médire du plus fameux séducteur de Hollywood ? répondit Peter en riant. Tu devrais pourtant connaître les acteurs mieux que personne.

Sans répondre, Vanessa se détourna. Peter la retint par le bras alors qu'elle s'éloignait.

— Ecoute, je pensais qu'à Noël nous pourrions faire un voyage en amoureux. Dans un paradis tropical, le Mexique, Bali, la Thaïlande… C'est toi qui choisiras.

— Mais non ! Ma mère doit justement venir à New York pour Noël. Je ne l'ai pas vue depuis des mois.

— Eh bien, nous resterons. Pas de problème. L'idée me passait par la tête, voilà tout. Nous ferons tout ce que tu voudras, ma chérie.

Il reprit le chemin de la chambre. Vanessa le suivit et s'assit sur le lit. Le dos tourné, Peter continua de remplir sa valise. Au bout d'un moment, étonné de son silence, il se tourna vers elle. Son expression le déconcerta.

— Qu'est-ce qui ne va pas? demanda-t-il en s'approchant.

Elle soutint son regard en étudiant son mari avec une lucidité qu'elle n'avait jamais eue.

A trente-huit ans, grand, mince, séduisant, Peter était à tous égards un homme dans la force de l'âge. Son tempérament liant et son charme naturel le rendaient aussi sympathique à ses amis qu'à ses clients. Brillant avocat, sa carrière suivait depuis quelques années une progression fulgurante. En un mot, Peter Smart avait tout pour lui. Et pourtant, sa vie privée était un véritable désastre, Vanessa le savait d'autant mieux qu'elle la partageait. Obsédé par son travail et sa réussite professionnelle, il menait et lui faisait mener, par contrecoup, une existence stérile, sans but. S'en souciait-il? En avait-il seulement conscience?

C'est alors qu'une idée, qui ne l'avait pas encore effleurée, assomma Vanessa comme un coup de massue. Y avait-il une autre femme dans la vie de Peter? Etait-ce la raison pour laquelle il n'avait plus rien à lui offrir?

— Tu as vraiment l'air bizarre. Qu'est-ce qui ne va pas? répéta-t-il.

— Je regrette que tu partes car j'espérais que nous passerions le week-end dans le calme, pour changer. Je voulais te parler, Peter.

— De quoi? demanda-t-il en fronçant les sourcils.

— De nous.

— Tu as l'air bien sérieuse, tout à coup.

— Je *suis* sérieuse, Peter. Ecoute, entre toi et moi, rien ne va plus ces derniers temps.

Il la dévisagea bouche bée, sincèrement stupéfait.

— Que veux-tu dire? Je ne comprends pas.

— Notre vie a-t-elle encore un sens? J'ai l'impression que nous devenons comme... des étrangers.

— Ne dis pas de sottises, voyons! s'écria-t-il avec un éclat de rire amusé. Notre vie va tout à fait dans la bonne direction, au contraire. Tu débordes d'activité dans un métier qui te passionne et où tu réussis à la perfection. De mon côté, je n'ai aucun sujet de me plaindre, comme tu le sais. Tout va donc pour le mieux. Alors, pourquoi te demandes-tu si notre vie a un sens? Je ne vois vraiment pas de quoi tu parles.

Vanessa ne pouvait se méprendre : Peter n'avait en effet aucune idée de ce qu'elle voulait dire. Sa stupeur sincère n'était, pour elle, que plus accablante.

— Nous ne vivons pour ainsi dire plus ensemble, répondit-elle. Nous sommes toujours dans des endroits différents et quand, par hasard, nous nous retrouvons dans la même ville, tu travailles jusqu'à des heures impossibles. A la maison, tu n'as plus jamais rien à me dire. Moralement, physiquement, nous sommes à cent lieues l'un de l'autre.

Elle se retint de justesse de conclure sa tirade en lui demandant s'il avait une maîtresse. Que répondrait-elle s'il lui posait la même question ? Saurait-elle lui mentir ?

Effaré, Peter hochait la tête comme s'il avait reçu un coup. Il jeta au hasard sur une chaise les chemises qu'il tenait, vint s'asseoir près de Vanessa et lui prit la main.

— Voyons, Vanessa, je t'aime, tu le sais. Il n'y a rien de changé entre nous. Enfin… si, peut-être. Je suis très absorbé par mon travail, c'est vrai, mais je réussis mieux que je n'aurais jamais osé l'espérer. C'est une chance que je ne peux pas me permettre de laisser passer, vois-tu, car c'est pour nous que je travaille. Pour notre avenir, le tien, le mien. Quand nous serons vieux…

— Vieux ! s'exclama-t-elle. Je me moque bien de notre vieillesse ! C'est maintenant que je veux vivre, pendant que je suis encore jeune et capable d'en profiter !

— Mais nous vivons, Vanessa, et nous vivons bien. Nous ne manquons de rien, c'est tout ce qui compte… Bon, j'admets que je t'ai peut-être un peu négligée ces derniers temps, poursuivit-il d'un air contrit en la regardant dans les yeux. Pardonne-moi. Il ne faut pas m'en vouloir.

Il la prit par la taille, tenta de l'attirer contre lui. Vanessa se déroba.

— Tu crois toujours pouvoir résoudre nos problèmes et nos désaccords en faisant l'amour, dit-elle sèchement.

— Tu sais bien que nous avons toujours résolu nos problèmes au lit. C'est un remède souverain qui ne nous a jamais fait défaut.

— Pour une fois, j'aurais préféré que nous fassions l'amour parce que nous en avons envie et pas seulement pour oublier l'une de nos divergences.

— Alors, qu'attendons-nous !

— Je n'en ai pas envie, Peter. Je ne suis pas d'humeur à faire semblant une fois de plus.

Désarçonné par cette rebuffade et le ton soudain hargneux de Vanessa, Peter eut une grimace de douleur.

— C'est à cause de l'enfant que tu m'en veux, n'est-ce pas ? C'est ce qui te fait dire que nous devenons comme des étrangers ? Réponds-moi, Vanessa.

— Non, ce n'est pas cela.

— J'ai tort de te le refuser, je sais, mais...

— Oui, Peter, tu as tort. Tu n'as jamais fait

mystère du fait que tu ne veux pas entendre parler d'un enfant.

— Pas du tout, voyons! Enfin, je veux dire, je préfère ne pas en avoir maintenant. Ecoute, ma chérie, un peu plus tard, dans quelques années, quand nos professions auront pris leur vitesse de croisière…

— Il sera trop tard, Peter. Nous ferions mieux de nous séparer, ne put-elle se retenir d'ajouter. De divorcer.

Peter se releva d'un bond :

— Pas question! Je ne veux absolument pas d'un divorce, ni toi non plus d'ailleurs. Tu dis n'importe quoi parce que ton travail et ton voyage à Venise t'ont fatiguée. Tu ne devrais pas te surmener comme tu le fais.

Vanessa lut de la panique dans son regard. Avait-il réellement peur de la perdre?

— Ecoute, Vanessa, reprit-il, je vais changer, je te le promets. Je te croyais heureuse, je ne me rendais pas compte que… les choses n'allaient plus entre nous. Tu me crois, au moins?

— Oui, Peter, je te crois. Tu ne te rendais compte de rien, c'est vrai, ajouta-t-elle avec un rire amer.

Avec un soupir de lassitude, Vanessa se leva, traversa la chambre. Sur le pas de la porte, elle se retourna :

— Il n'y a pas grand-chose pour le dîner. Des spaghettis et une salade, cela te suffira?

— Non, ma chérie, sortons. Je t'invite. Si nous allions chez M. Chow, le chinois d'à côté?

— Je n'ai pas envie de cuisine chinoise ce soir.

— Eh bien, allons chez Neary's. Jimmy nous reçoit toujours comme des princes. Pour ma princesse, il mettra les petits plats dans les grands!

Vanessa préféra ne rien répondre.

9

Southampton, Long Island, décembre 1995

D'un regard critique, Vanessa examina le living de son cottage et, pour la première fois, porta un jugement lucide : tout avait l'air défraîchi — pis, presque sordide.

Les tentures passées, le chintz fané des coussins et des rideaux, le tapis ancien dont la trame apparaissait par endroits ne la gênaient pas trop, car leur usure faisait à ses yeux partie de leur charme. Ce qui la troublait, c'était l'impression d'abandon qui se dégageait de la pièce, comme si elle avait perdu son âme pour être restée trop longtemps négligée. Elle savait pourtant que le cottage était rigoureusement propre, grâce à la femme de ménage du village voisin qui en assurait l'entretien régulier. Comment, dans ces conditions, le living avait-il pris cet aspect désolant ?

Vanessa attendait Bill, qui devait passer la journée et celle du lendemain avec elle. Sachant qu'il vivait la plupart du temps dans des conditions précaires, elle aurait voulu que sa maison soit chaleureuse et accueillante, qu'elle ait un air de fête pour lui faire oublier l'inconfort qu'il subissait d'un bout de l'année à l'autre.

Au moment de leur divorce, plusieurs années auparavant, ses parents n'avaient su que faire du cottage. Ni l'un ni l'autre ne voulaient le conserver, mais ils y restaient malgré tout attachés pour des raisons sentimentales. Aussi, plutôt que de le vendre, ils avaient décidé de le donner à leur fille. Vanessa en avait été enchantée.

Situé à la limite de Southampton, sur un terrain de trois acres allant jusqu'aux dunes de sable bordant l'océan Atlantique, le cottage Bedelia ne se trouvait pas dans la partie la plus élégante de la station balnéaire. La maison elle-même n'avait rien de particulier ; comme tant d'autres résidences estivales des Hampton, ce n'était qu'une modeste villa de bois sur un soubassement de pierre. Bâtie au début des années cinquante, elle comportait quatre chambres, une spacieuse cuisine et un living prolongé par un petit bureau-bibliothèque. Une longue véranda couverte flanquait la façade arrière qui dominait la mer. Cependant, avantage inestimable, elle avait aussi des dépendances, héritées de la maison qui s'élevait jadis sur le même terrain.

Lorsqu'elle en eut pris possession, Vanessa s'empressa de transformer la remise en atelier de dessin et installa un four dans l'ancienne écurie construite en pierre. Quand elle venait au cottage, c'est dans ces deux bâtiments qu'elle passait le plus clair de son temps à dessiner et réaliser les prototypes de ses modèles, qu'elle emportait ensuite à Venise pour être recopiés et produits en série à Murano.

Absorbée par son travail, Vanessa négligeait le cottage, qu'elle n'utilisait que pour dormir et se préparer des repas sommaires. De vieux journaux et magazines, gardés pour des raisons désormais mystérieuses, s'entassaient au petit bonheur un peu partout dans le living. Des livres, dont elle repoussait toujours le moment d'entreprendre la lecture, étaient empilés çà et là sur les meubles et le plancher. Des bouquets de fleurs séchées, qui avaient eu grande allure sous le soleil de l'été, finissaient de se décolorer et de tomber en poussière dans leurs vases.

Vanessa jeta un coup d'œil à sa montre : il n'était encore que huit heures du matin. Bill devait arriver vers une heure de l'après-midi pour déjeuner, et Mavis Glover, sa fidèle gardienne, ne viendrait pas avant neuf heures. Décidant de se mettre à l'ouvrage sans l'attendre, Vanessa s'attaqua d'abord aux piles de livres, qu'elle emporta dans la pièce adjacente et réussit à caser sur les rayons de la bibliothèque. Elle débarrassa ensuite le living des journaux et magazines, qu'elle fourra dans les poubelles, puis des fleurs séchées qui prirent le même chemin.

A l'issue de ce nettoyage sommaire, Vanessa regarda autour d'elle et constata avec plaisir que la pièce avait déjà meilleure allure. Libérés de leurs squatters de papier, les meubles rustiques retrouvaient la beauté de leurs lignes harmonieuses, dont le bois patiné se détachait à nouveau contre le blanc cassé des murs. Quant aux rideaux et aux coussins de chintz, leurs motifs floraux bleus, roses et rouges semblaient eux-mêmes avoir repris des couleurs.

Satisfaite du résultat, Vanessa courut à la cuisine. La veille au soir, en arrivant, elle avait mis dans deux vases des fleurs fraîches achetées en ville. Elle emporta le plus grand dans le living, puis revint chercher l'autre qu'elle monta dans sa chambre.

Cette pièce, la plus belle de la maison, avait été le domaine de ses parents. Les fenêtres ouvraient sur les dunes et l'océan, une grande cheminée de pierre était adossée au mur pignon. Sa décoration jaune et bleu lui conférait une atmosphère gaie et chaleureuse, même par le temps le plus maussade. Après avoir posé le vase de roses thé sur la table basse près de la cheminée, Vanessa alla dans la salle de bains prendre une douche. Elle comptait se charger de la préparation du déjeuner pendant que Mavis finirait de faire le ménage.

Tout en s'offrant voluptueusement à l'eau chaude qui ruisselait sur sa peau nue, Vanessa pensa à Bill. Il était arrivé à New York à la date prévue. Depuis, ils avaient réussi à se voir brièvement deux fois, le temps de prendre un verre. Le sachant accaparé par son travail à CNS, elle n'avait pas voulu empiéter sur les rares instants de liberté qu'il pouvait consacrer à sa fille.

«J'irai en voiture aux Hampton mercredi matin, lui avait-il dit lorsqu'ils s'étaient quittés après leur dernier rendez-vous au bar du Carlyle. Je pourrai rester jusqu'à jeudi après-midi, si tu veux bien. D'accord?»

Son sourire ravi avait tenu lieu de réponse.

Vanessa brûlait maintenant d'impatience de le revoir, de sentir ses bras la serrer contre lui, sa bouche sur ses lèvres. La seule idée de faire l'amour avec lui lui donna la chair de poule. Elle ferma le robinet, s'ébroua. Ce n'est pas le moment de rêver, se dit-elle. De toute façon, ils seraient ensemble dans quelques heures.

Dehors, il faisait beau mais froid. Vanessa s'habilla chaudement, se maquilla à peine, choisit pour seuls bijoux une paire de boucles d'oreilles en or. Enfin prête, elle vaporisa un nuage de parfum sur son cou et dévala joyeusement l'escalier pour préparer le déjeuner.

Bill était en retard.

Assise dans le bureau-bibliothèque, Vanessa feuilletait distraitement des magazines en se demandant ce qu'il faisait. Etait-il bloqué dans des embouteillages? En été, la circulation tournait au cauchemar, mais elle ne devait pas être très dense un mercredi matin de la mi-décembre. Se serait-il perdu? Ce n'était guère vraisemblable. Elle lui avait fourni des indications précises accompagnées d'un croquis, et le cottage, situé au bord de la route principale, était facile à trouver. Alors, où était-il?

A deux heures moins le quart, son impatience avait fait place à une réelle inquiétude. Vanessa était sur le point de téléphoner à CNS quand elle entendit un bruit de moteur et se précipita vers la porte d'entrée. En voyant Bill mettre pied à terre et ouvrir le coffre pour y prendre son bagage, elle crut défaillir de soulagement. Quand il la rejoignit sur le seuil quelques secondes plus tard et la serra dans ses bras, elle l'étreignit de toutes ses forces.

— Désolé, ma chérie, lui dit-il à l'oreille. J'ai été retardé au bureau et j'ai eu un mal fou à m'extirper de New York. Une circulation incroyable, ce matin. Tout le monde a l'air de vouloir faire ses achats de Noël en même temps.

— Ça ne fait rien, mon chéri. J'avais peur qu'il te soit arrivé quelque chose.

Il lui prit le visage entre les mains, le leva vers lui comme lui seul savait le faire.

— Tu sais bien qu'il ne peut rien m'arriver, dit-il en riant avant de poser un baiser sur ses lèvres.

Vanessa lui rendit son baiser, puis elle le prit par le bras pour l'entraîner à l'intérieur.

— Rentrons, j'ai allumé du feu dans la cheminée. Il y a du vin blanc au frais, ou préfères-tu du scotch?

— Le vin blanc me convient tout à fait.

Debout devant la cheminée, les yeux dans les yeux, ils levèrent leurs verres en un toast silencieux.

— Tu me manquais, Vanessa, dit-il à mi-voix.

— Toi aussi, Bill. Plus que je ne peux te le dire.

— Je pense à toi sans arrêt.

— Moi aussi, Bill.

— C'est étrange, tu sais. J'ai l'impression que

tu as toujours fait partie intégrante de ma vie. De te connaître depuis toujours.

— Moi aussi, Bill. L'impression ne m'a jamais quittée depuis que je t'ai rencontré.

Un sourire amusé lui vint aux lèvres :

— Je n'osais même pas te serrer la main au bar du Carlyle. J'avais tant envie de toi que je craignais de ne pas pouvoir me dominer si je ne faisais que t'effleurer.

Ils échangèrent un long regard, si chargé d'électricité que toute parole était inutile. Bill posa son verre sur la cheminée, fit de même avec celui de Vanessa. Face à face, proches à se toucher, ils prolongèrent l'attente comme pour mieux exacerber leur désir mutuel. Enfin, n'y tenant plus, ils s'étreignirent avec passion et leurs lèvres se joignirent en un baiser qui les laissa haletants.

— Oh, Vanessa… Je t'aime tant, dit-il enfin d'une voix tremblante de désir trop longtemps contenu.

Sans répondre, elle lui prit la main et l'entraîna vers l'escalier.

Une fois dans la chambre derrière la porte close, ils ne purent ni ne voulurent se dominer davantage. Ils se dévêtirent avec la hâte fébrile d'affamés devant un festin et se laissèrent tomber sur le lit. Leur soif l'un de l'autre était si insatiable que rien ne semblait pouvoir l'étancher. Leurs caresses, leurs baisers dépassèrent bientôt l'ardeur de ceux qu'ils avaient échangés à Venise, dans le premier émerveillement de s'être découverts. Et lorsque d'un même élan leurs corps se fondirent enfin l'un dans l'autre, ils se laissèrent emporter par une vague de plaisir si intense qu'ils crurent ne jamais en discerner les limites.

Longtemps plus tard, blottie contre Bill, Vanessa tenta de reprendre peu à peu ses esprits.

Le soleil d'hiver posait des touches d'or pâle sur les murs de la chambre. Dans le silence profond, on n'entendait d'autre bruit que la respiration paisible de Bill assoupi et le lointain grondement du ressac sur la plage.

Ils avaient fait l'amour avec un tel déchaînement de passion que Vanessa puisait de nouvelles forces dans cette atmosphère apaisante. Leur besoin l'un de l'autre s'était manifesté avec une telle exigence qu'ils en avaient été comme frappés de stupeur. Le calme qui succédait à cette tempête des sens agissait comme un baume sur leurs esprits enfiévrés.

Le corps et le cœur repus de plaisir, Vanessa s'étira doucement afin de ne pas le réveiller. Avec Bill, tout était différent au point qu'elle s'en étonnait elle-même. A chaque fois qu'ils faisaient l'amour, ils atteignaient dans l'extase des sommets qu'elle n'aurait jamais crus possibles et dont elle redescendait en proie au vertige.

Vanessa avait tant changé depuis sa rencontre avec Bill Fitzgerald qu'à bien des égards elle ne se reconnaissait plus. Il révélait en elle une sensualité qu'elle ne se savait même pas posséder. Grâce à lui, elle se sentait comblée, elle découvrait pleinement sa nature féminine.

Soulevée sur un coude, elle l'observa dans le repos. L'expression tendue jusqu'à l'anxiété qui ne le quittait pour ainsi dire jamais s'était effacée de ses traits. Pour la première fois, il lui apparaissait apaisé, libéré de ses soucis et de ses peines. Si jeune, aussi, et si vulnérable qu'elle en fut émue.

Leur réelle intimité de cœur et d'esprit constituait également pour elle une révélation. Ils se comprenaient, ils se complétaient comme peu d'êtres humains en sont capables. Elle l'aimait, elle le savait désormais avec certitude. Elle n'aspirait plus qu'à partager sa vie, à ne jamais le quitter. Mais le pouvait-elle? Comment réaliser ce qui n'était encore qu'un souhait? Elle n'était pas libre. Elle avait un mari qui l'aimait, du moins l'affirmait-il, et qu'elle savait terrifié par la perspective de la perdre. Un mari auquel elle devait encore fidélité et considération.

Troublée par cette évocation de Peter, Vanessa la repoussa de son mieux. Il est encore trop tôt pour penser à l'avenir, se dit-elle. Plus tard, nous verrons. Il sera toujours temps d'aviser...

D'ici là, elle était au moins sûre d'une chose : avec Bill, elle était réellement elle-même, sans faux-semblants, sans artifices. La vraie Vanessa Stewart, c'était Bill, en un sens, qui lui avait donné le jour.

Elle descendit chercher quelque chose à manger, et ils pique-niquèrent devant la cheminée de la chambre en finissant la bouteille de vin délaissée depuis l'apéritif. Puis, rassasiés ils s'habillèrent et sortirent profiter du beau temps de cette fin d'après-midi.

Le soleil brillait encore dans un ciel bleu pastel en projetant sur l'Atlantique des reflets argentés. Des rafales de vent soulevaient les vagues qui moutonnaient à perte de vue. Chaudement emmitouflés, enlacés, ils marchèrent sur la plage le long des dunes, sourds et aveugles à tout ce qui n'était pas eux-mêmes.

A un moment, Bill s'arrêta et prit Vanessa dans ses bras pour lui faire face.

— Je suis heureux! cria-t-il pour se faire entendre dans le vent et le grondement du ressac. Plus heureux que je ne l'ai été depuis... depuis je ne sais quand!

— Que dis-tu? cria Vanessa.

Bill éclata de rire et la serra contre lui.

— Plus heureux que depuis des années! répéta-t-il contre son oreille. Et je t'aime, Vanessa. Je t'aime de toutes mes forces!

— Moi aussi je t'aime, Bill!

— Je n'ai rien entendu! la taquina-t-il. Répète!

— JE T'AIME, BILL! cria-t-elle à tue-tête.

Ils éclatèrent ensemble d'un rire plein de gaieté, s'embrassèrent longuement. Puis, se tenant par la main, ils partirent en courant en se laissant pousser par le vent, plus heureux et insouciants que des enfants en vacances.

Ce soir-là, assis devant la cheminée de la chambre en écoutant un concerto pour violon de Mozart, Vanessa s'aperçut tout à coup que Bill, la mine soucieuse, contemplait les flammes sans plus prêter attention à la musique qu'il aimait.

— Tu as l'air préoccupé, mon chéri. Bill, qu'est-ce qui ne va pas? insista-t-elle faute de réponse.

Il se tourna vers elle, lui lança un regard troublé, mais ne répondit pas.

— Parle-moi, Bill, reprit-elle, inquiète de son soudain changement d'humeur. Tu as l'air si... malheureux.

Bill regarda de nouveau les flammes comme pour y puiser le courage de répondre.

— Toi et moi... je ne joue pas, tu sais.

— Mais moi non plus, Bill! Que veux-tu dire?

— Cet après-midi, je t'ai dit que je t'aimais. C'est vrai, il faut que tu le saches.

Vanessa le considéra un instant avec étonnement.

— Je le sais déjà. Et moi aussi, je t'aime de tout mon cœur. Si je te l'ai dit, ce n'était pas pour plaisanter, j'ai horreur du mensonge. Douterais-tu de ma sincérité?

Il ouvrit la bouche pour répondre, la referma aussitôt.

— Comment en douterais-tu? reprit-elle avec véhémence. Crois-tu qu'on puisse simuler les émotions, la passion que nous partageons depuis que nous nous connaissons?

— Je le sais, ma chérie. Ne te méprends pas sur les raisons de mon silence. Je sais que tu m'aimes, mais...

Il s'interrompit, lui prit la main et la fixa si intensément qu'elle frissonna.

— Je veux simplement que tu saches que je tiens à toi plus que je ne le croyais moi-même possible. Je tiens à toi au point de vouloir te garder. Pour toujours. Comprends-tu?

Elle se borna à acquiescer d'un signe de tête.

— Il fallait que je te le dise, voilà tout.

— Je sais, Bill.

— Je ne veux te perdre sous aucun prétexte, Vanessa.

— Et si tu changeais d'avis un jour?...

Elle s'interrompit en voyant son expression.

— Jamais! s'exclama-t-il avec force.

A son tour, Vanessa contempla en silence les flammes qui dansaient dans le foyer.

— Que comptes-tu faire? demanda-t-il enfin.

— Je dirai à Peter que je veux divorcer, répondit-elle fermement.

— En es-tu sûre?

— Oui, tout à fait.

— Es-tu certaine aussi de vouloir partager ma vie?

— Sans l'ombre d'un doute.

— Moi aussi, mon amour. Je n'ai jamais éprouvé dans ma vie de certitude plus solide.

Il se rapprocha d'elle sur le canapé, passa un bras autour de sa taille, l'attira contre lui.

Et il sut alors avec une clarté aveuglante qu'il tenait le monde entier dans ses bras. Elle était la femme de sa vie, l'unique, celle qu'il aimait avec assez de passion pour l'aimer toujours.

10

New York, décembre 1995

Bill avait donné rendez-vous à Vanessa le dimanche à midi et demi à la Tavern on the Green, célèbre restaurant de Central Park.

Vanessa se félicita de ce choix. L'atmosphère de fête qui y régnait toute l'année devenait magique au moment de Noël. Des sapins aux décorations multicolores, des guirlandes lumineuses, des branches de houx dans de grands vases, des poinsettias roses et rouges dans leurs jardinières étaient stratégiquement répartis dans la vaste salle. Les lustres en verre de Venise, éléments permanents du décor, ajoutaient leur éclat baroque à cette ambiance de chaleureuse gaieté.

Vanessa avait à peine franchi la porte qu'elle vit Bill se lever et se hâter au-devant d'elle. En blazer bleu marine et pantalon anthracite, il lui parut plus séduisant et élégant que jamais.

Quand il l'eut rejointe, il lui prit les deux

mains, se pencha vers elle et posa un rapide baiser sur sa joue.

— Que je suis heureux de te revoir, ma chérie. Viens vite faire la connaissance des deux autres femmes de ma vie, dit-il avec un large sourire en l'entraînant vers sa table.

Même de loin, Vanessa ne put s'empêcher d'éprouver une surprise admirative en découvrant l'élégance et la beauté de la mère de Bill. En tailleur d'un rouge sombre qui mettait en valeur ses cheveux auburn coiffés à la perfection, elle était loin d'accuser ses soixante-deux ans. De fait, elle aurait facilement pu passer pour la sœur aînée de Bill plutôt que sa mère. Quant à la fillette assise à côté d'elle, Vanessa n'en avait jamais vu de plus ravissante. Avec ses traits fins, ses grands yeux du même bleu lumineux que ceux de son père, son opulente chevelure blonde dont les boucles cascadaient jusque sur ses épaules, elle avait l'allure d'une petite princesse de conte de fées.

— J'ai peine à croire qu'une petite fille de six ans puisse être aussi belle, souffla-t-elle à l'oreille de Bill. Ton Helena est... éblouissante !

— Merci, ma chérie. Elle est belle comme le jour, c'est vrai — même si je manque quelque peu d'objectivité.

138

Entre-temps, ils étaient arrivés devant leur table.

— Maman, dit Bill, j'ai le plaisir de te présenter Vanessa Stewart. Vanessa, Drucilla, ma mère.

— Je suis si heureuse de faire votre connaissance, madame Fitzgerald, dit Vanessa en prenant sa main tendue.

— Tout le plaisir est pour moi, madame Stewart, répondit-elle avec un sourire chaleureux.

— Appelez-moi Vanessa, je vous en prie !

— A condition que vous m'appeliez Dru, comme tous mes amis.

— Avec plaisir.

Puis, se tournant vers la fillette en robe bleue qui la dévisageait avec curiosité, Vanessa lui tendit la main :

— Bonjour, Helena. Je suis enchantée de te connaître enfin, j'ai beaucoup entendu parler de toi.

— Bonjour, Vanessa, répondit la fillette d'un ton solennel.

— Puisque les présentations sont faites, déclara Bill, nous pouvons nous asseoir. Champagne pour tout le monde ?

— Volontiers, approuva Vanessa.

— Tout à fait d'accord, Bill, renchérit sa mère.

— Nous célébrons quelque chose ? s'enquit Helena.

— Pourquoi cette question, ma puce ? demanda Bill.

— Granny dit qu'on ne boit du champagne que dans les grandes occasions.

— Eh bien, c'en est une, répondit Bill avec un sourire amusé et affectueux à l'adresse de sa fille.

— Laquelle ? voulut alors savoir Helena.

Désarçonné par cette insistance, Bill consulta sa mère du regard avant de répondre :

— Le simple fait d'être ici tous les quatre, ma chérie. Et aussi de fêter Noël, bien entendu.

— Sauf que moi, je n'ai pas droit au champagne, lui fit judicieusement observer Helena. N'est-ce pas, Granny ?

— En effet, ma chérie. Tu ne pourras en boire que quand tu seras grande.

— Mais tu as droit dès maintenant à un Shirley Temple, intervint Bill.

Il fit signe à un serveur qui s'approcha aussitôt pour prendre la commande.

— Bill m'a dit que vous vous étiez rencontrés à Venise, dit Dru en se tournant vers Vanessa. Quand il y était avec Frank Peterson, je crois.

— Oui, c'est exact...

Vanessa hésita. Puis, voyant le léger signe d'encouragement que lui faisait Bill, elle poursuivit :

— Nous y avons même fêté Thanksgiving ensemble.

— Nous étions les trois seuls Américains en ville à ce moment-là, enchaîna Bill. Nous ne pouvions pas faire moins, c'eût été de la haute trahison! Et je dois dire que nous nous sommes beaucoup amusés.

— Je voudrais bien aller à Venise moi aussi, déclara Helena en regardant à tour de rôle son père et sa grand-mère. Je pourrai, n'est-ce pas?

— Bien sûr, ma puce, la rassura Bill. Nous t'y emmènerons quand tu seras un peu plus âgée.

La fillette se tourna alors vers Vanessa :

— Tu travailles avec mon papa?

— Non, Helena, je ne travaille pas à la télévision. Je dessine des objets en verre pour la maison, des sculptures aussi, que je fais fabriquer à Venise.

Les sourcils froncés, Helena réfléchit.

— Quels objets? voulut-elle savoir.

Vanessa se pencha pour prendre un petit sac en papier, qu'elle avait posé en arrivant près de sa chaise avec son sac à main. Elle en sortit un paquet-cadeau noué d'une large faveur rose qu'elle tendit à la fillette.

— Celui-ci, par exemple. Il est pour toi, Helena.

La petite fille prit la boîte avec précaution.

— Qu'est-ce que c'est?

— Quelque chose que j'ai fait spécialement pour toi.

— Je peux l'ouvrir, papa?

— Oui. Mais qu'est-ce qu'on dit d'abord?

— Merci, Vanessa.

Helena dénoua le ruban, défit le papier d'emballage et enleva le couvercle de la boîte.

— Attention, c'est fragile, l'avertit Vanessa. Soulève-le délicatement et ne le laisse pas tomber.

Helena suivit ces sages conseils et découvrit un objet qu'elle contempla, les yeux écarquillés d'admiration. C'était un long prisme de verre, légèrement torsadé et à l'extrémité pointue, dont les facettes reflétaient toutes les couleurs de l'arc-en-ciel.

— Oh! Que c'est beau! s'écria-t-elle.

— C'est comme une aiguille de glace, vois-tu? Je l'ai fabriqué moi-même en pensant à toi.

— Merci, Vanessa, répéta la fillette.

Fascinée, elle tournait et retournait le prisme

142

pour mieux capter la lumière et faire jouer les couleurs.

— Cet objet est superbe, commenta Dru. Vous avez beaucoup de talent, ma chère Vanessa.

— Merci, Dru.

— Je peux regarder moi aussi, Helena? intervint Bill.

— Oui, papa. Mais fais attention, Vanessa a dit que c'était très fragile.

— Je ferai très attention, je te le promets.

Avec un sourire complice à l'adresse de Vanessa, il prit le prisme et fut lui aussi vite fasciné par le spectacle sans cesse renouvelé qu'il offrait.

Le serveur apporta le champagne dans le seau à glace, déboucha la bouteille et remplit les flûtes. Helena remit avec soin son cadeau dans la boîte et Bill leva son verre :

— Joyeux Noël à toutes les trois!

— Joyeux Noël! répondirent-elles.

Helena but une gorgée du Shirley Temple. Puis, après avoir reposé son verre, elle se tourna à nouveau vers Vanessa avec un regard plein de curiosité.

— Es-tu la petite amie de papa?

Désarçonnée, Vanessa ne sut que dire.

— Oui, Helena, répondit Bill à sa place en consultant sa mère du regard.

Dru acquiesça. Elle approuvait sans réserve, en effet, les rapports de son fils avec cette jeune femme qu'elle ne connaissait pourtant que depuis un quart d'heure. Son expérience de la vie et sa sûreté de jugement lui permettaient de discerner en Vanessa un ensemble de qualités peu communes et elle ne pouvait qu'applaudir des deux mains quiconque rendait son fils aussi manifestement heureux. Bill avait tant souffert de la solitude et de la tristesse après la mort de Sylvie que son cœur de mère en avait longtemps saigné. Pour la première fois depuis des années, elle le voyait à nouveau plein d'enthousiasme et de joie de vivre. Grâce à Vanessa, Dru se sentait enfin déchargée d'un fardeau qui, au fil des ans, lui était devenu insoutenable.

— Commandons le déjeuner! annonça Bill. Sais-tu ce qui te ferait plaisir, ma puce?

— Oui, papa. Les œufs sur les muffins avec la sauce, comme la dernière fois.

— Des œufs Benedict, précisa Dru. J'en aurais grande envie moi aussi, mais je préfère m'abstenir. Ma ligne et mon cholestérol me le reprocheraient trop longtemps. La sagesse me conseille une salade de crabe.

— Et toi, Vanessa? demanda Bill.

— Je prendrai la même chose que Dru.

— Eh bien, moi, je tiendrai compagnie à Helena. Au diable le régime!

Helena posa alors une main sur le bras de Vanessa pour attirer son attention.

— Vas-tu te marier avec papa?

Vanessa se retint de justesse de sursauter. Tant de précocité et de curiosité chez une enfant aussi jeune avaient de quoi la désarçonner, il est vrai.

Elle lança à Bill un muet appel à l'aide. Amusée, Dru les observait tous trois.

— Tu es trop curieuse, ma puce, et tu poses trop de questions, comme oncle Frank a souvent tendance à le faire, dit Bill avec un large sourire. Nous ne savons pas encore si nous allons nous marier. Nous devons passer encore un peu de temps ensemble, vois-tu, apprendre à mieux nous connaître avant de nous décider.

Helena hocha la tête.

— Mais si nous nous marions, conclut Bill, Granny et toi en serez les premières informées, je te le promets.

Lorsque Bill accompagna Vanessa à son taxi après le déjeuner, il lui souffla à l'oreille :

— Elle n'a pas de mauvaises idées, ma fille, tu ne trouves pas?

— Excellentes, même, renchérit Vanessa.

145

— Au fait, ma chérie, ceci est pour toi, dit Bill en lui mettant un objet dans la main.

Vanessa baissa les yeux et s'aperçut qu'il s'agissait d'une clef.

— Qu'est-ce que c'est ? s'étonna-t-elle.

— La clef de la suite 902 que j'ai retenue pour nous au Plaza. Nous pourrions peut-être nous y retrouver ce soir. Vers neuf heures, cela te va ?

— A merveille.

Elle lui lança un baiser du bout des doigts, enfouit la clef dans son sac avec un grand sourire. Bill claqua la portière et le taxi démarra.

11

Venise, janvier 1996

Il tombait depuis le début de l'après-midi une pluie diluvienne qui semblait ne jamais vouloir cesser. Des nuages bas d'un noir d'encre passaient avec une lenteur menaçante dans le ciel uniformément couleur anthracite. Sous la fenêtre, le Grand Canal enflait à vue d'œil, comme s'il s'apprêtait à déborder d'une minute à l'autre.

Vanessa se détourna de cet affligeant spectacle sans pouvoir réprimer un frisson. Bill avait réglé le chauffage au maximum quand elle était arrivée de l'aéroport à la fin de la matinée, mais l'humidité ambiante semblait la pénétrer jusqu'aux os. Elle resserra la ceinture de son peignoir et alla se blottir dans un fauteuil près du radiateur.

L'inclémence du temps n'atténuait cependant pas sa joie d'être de retour à Venise avec Bill, car ils ne s'étaient pas revus depuis Noël. Bill avait quitté New York dès avant la fin décembre pour sillonner le Moyen-Orient et une partie de l'Europe. Tel-Aviv, Jérusalem, Amman, Beyrouth, Ankara et Athènes constituaient les principales étapes de son périple. Son magazine spécial de 90 minutes sur le terrorisme international étant programmé par CNS au début de mars, il ne pouvait se permettre de flâner.

Arrivé au Gritti la veille au soir, Bill avait débarqué d'Athènes au moment même où Vanessa s'envolait de New York. Ils disposaient de cinq jours ensemble dans leur ville préférée. Vanessa avait un programme de travail chargé à la verrerie de Murano, Bill devait mettre au point le découpage et écrire les commentaires de son émission, mais les soirées et les nuits leur appartenaient sans partage.

La seule évocation de Bill et de son amour pour lui fit monter aux lèvres de Vanessa un sourire de bonheur. Il occupait dans son cœur une place plus essentielle qu'elle n'aurait pu l'imaginer. Il était l'homme de sa vie et elle n'en aimerait jamais d'autre que lui. Ils étaient destinés l'un à l'autre, rien ne pourrait les séparer, elle le savait désormais avec une certitude absolue.

Un soupir lui échappa à la pensée des quelques semaines écoulées. Dans le sinistre mois de décembre qu'elle avait vécu, les quelques heures passées avec Bill et la rencontre de sa mère et de sa fille avaient constitué ses seuls îlots de joie.

Peter était resté à Londres plus longtemps que prévu et, à peine de retour à New York, était reparti pour Los Angeles. Elle n'avait donc pas eu le temps de discuter avec lui de leur avenir. Dans ces conditions, Noël avait été pour elle moins une fête qu'une frustration de plus.

Finalement, au début de janvier, elle avait réussi à le coincer en tête à tête un soir qu'il était rentré de son bureau un peu moins tard que d'habitude. Sans agressivité inutile mais avec fermeté, Vanessa lui avait alors fait part de sa décision de divorcer. Peter avait très mal réagi : il refusait catégoriquement toute idée de divorce. Il était marié et voulait le rester, envers et contre tout. Et s'il avait fini par admettre de mauvaise grâce que leur vie conjugale n'était plus qu'une mauvaise caricature de ce qu'elle était naguère, il n'avait pas même daigné écouter les arguments de Vanessa — pas ce soir, avait-il dit en accumulant les mauvais prétextes, un autre jour peut-être, quand il serait moins préoccuppé par des problèmes pressants, des affaires capitales...

En désespoir de cause, Vanessa s'était rendu compte qu'elle n'avait pas le choix : si elle voulait mener sa vie comme elle l'entendait, elle ne pouvait compter que sur elle-même pour conquérir son indépendance. Dix jours avant son départ pour Venise, elle avait pris son courage à deux mains, quitté Peter et déménagé toutes ses affaires dans son loft de SoHo.

Déjà aménagé en appartement quand elle en avait fait l'acquisition pour y installer son atelier, le loft était équipé d'une cuisine et d'une salle de bains modernes. Il avait donc suffi à Vanessa d'acheter un canapé-lit pour transformer de nouveau le local en un logement confortable.

Son initiative avait surtout eu pour conséquence de rendre Peter conscient de sa détermination. Il comprenait enfin que sa volonté de mettre fin à leur mariage n'était pas un caprice passager. « Les actes sont plus éloquents que tous les discours, Vanny, lui avait dit sa mère. Mieux vaut couper court maintenant, quand vous êtes encore assez jeunes l'un et l'autre pour refaire votre vie et retrouver d'autres partenaires. » Ses parents avaient tous deux approuvé sans réticence sa décision de quitter Peter. Par prudence, Vanessa s'était toutefois abstenue de leur parler de Bill, estimant qu'il valait mieux attendre des circonstances plus propices.

Elle en était là de ses réflexions quand le bruit de la clef dans la serrure lui signala le retour de Bill. Il était descendu quelques minutes plus tôt chercher à la réception un fax arrivé de New York, qu'il brandit en souriant :

— Bonnes nouvelles, ma chérie ! Neil

Gooden et Jack Clayton, les producteurs de l'émission, sont enchantés du métrage que nous avons mis en boîte. Neil me dit qu'il attend la suite avec impatience. Tiens, lis toi-même.

Vanessa parcourut rapidement les deux feuillets.

— Félicitations, Bill! dit-elle en les lui rendant. Si j'en crois ce que dit Neil, tu as accompli des miracles en à peine trois semaines et il affirme que tu pulvériseras les taux d'écoute. Tu peux être fier de toi, mon chéri!

— Touche du bois, je t'en prie! dit-il en riant.

D'un bras, il la prit aux épaules et l'entraîna vers le canapé où ils s'assirent côte à côte.

— En fait, poursuivit-il, je dois reconnaître que cela présente plutôt bien. Les prises de vues sur le terrain sont presque bouclées. Quand tu repartiras pour New York, j'irai passer deux jours à Paris avec l'équipe et nous terminerons la tournée par Belfast et l'Ulster. Au fait, je crois aussi avoir trouvé un assez bon titre.

— Lequel?

— *Terrorisme : le masque du diable.* Qu'en penses-tu?

— Il est bon, à mon avis, parce qu'il exprime précisément ce que tu veux dire.

— Je suis content que tu approuves. J'ai cherché à ne pas me cantonner aux événements du Moyen-Orient, vois-tu, mais à couvrir le maximum d'aspects du sujet partout dans le monde. J'ai filmé, par exemple, des interviews d'experts en contre-terrorisme et de Palestiniens emprisonnés en Israël. Je compte illustrer ces images nouvelles par des images d'archives, depuis le massacre des jeux Olympiques de Munich en 1972 à l'assassinat de lord Mountbatten par l'IRA, de l'attentat du Boeing de Lockerbie à la bombe du World Trade Center et à la camionnette piégée d'Oklahoma City. Par le commentaire, je voudrais rendre les téléspectateurs proches de tous ces actes, les impliquer dans leurs conséquences, éveiller enfin la réprobation générale du public, qui y reste encore trop indifférent tant qu'il n'est pas touché personnellement. C'est pourquoi, dans un deuxième temps, je ferai un montage d'interviews de survivants et de proches des victimes. Jusqu'à présent, je dispose d'à peu près tous les éléments et, comme je te le disais, cela ne se présente pas trop mal. Mais j'ai encore du travail devant moi...

Il se leva pour aller prendre une bouteille d'eau minérale dans le mini-bar.

— Veux-tu quelque chose, Vanessa ?

— Non merci, Bill.

Il revint vers le canapé et posa la bouteille sur

la table basse, se versa à boire et attira Vanessa contre lui.

— Mais parlons d'autre chose, ma chérie. Tu as eu cent fois raison de t'installer au loft. Cela prouve à Peter que tu es décidée à aller jusqu'au bout.

— C'était le seul moyen de le lui faire comprendre. Il m'a téléphoné hier, juste avant que je parte pour l'aéroport. S'il n'a pas encore formellement accepté de divorcer, j'ai senti que l'idée fait son chemin. Il m'a paru catastrophé, d'ailleurs, mais à peu près résigné.

— Tant mieux. Lui as-tu parlé de moi, de nous ?

— Non, Bill. Au point où nous en sommes, autant agiter un chiffon rouge devant un taureau enragé. Inutile de le provoquer, chaque chose en son temps.

— Cela m'est complètement égal qu'il soit au courant, tu sais. Je suis assez grand garçon pour me défendre.

— Je sais, mon chéri. Mais à quoi bon retourner le fer dans la plaie ? De toute façon, Peter est maintenant conscient que notre ménage ne fonctionne plus depuis des années et qu'il est condamné. Je préfère en rester là pour le moment.

— Comme tu voudras, ma chérie. C'est toi qui décides.

Elle lui sourit en guise de réponse. Bill se pencha vers elle, l'embrassa tendrement.

— Au fait, reprit-il, le concierge m'a annoncé tout à l'heure que Venise serait sans doute inondée à partir de sept heures du soir. Pas question de sortir au Harry's Bar. Nous devrons rester dîner ici.

— Je n'y vois aucun inconvénient, mon chéri. Le restaurant de l'hôtel est excellent.

— Je pensais plutôt à nous faire servir un repas dans la suite, dit-il avec un sourire malicieux.

— Bonne idée. Ce sera beaucoup plus intime et je n'aurai pas besoin de m'habiller.

— C'est exactement ce que je pensais, figure-toi.

Elle se blottit contre sa poitrine, lui tendit ses lèvres.

— A ton avis, dit-elle en pouffant de rire, est-il trop tôt pour déguster le hors-d'œuvre ?

Beaucoup plus tard, après avoir fait l'amour, dévoré un succulent dîner et refait l'amour, ils se reposaient au lit, blottis l'un contre l'autre, quand Bill reprit le fil de leur conversation de la soirée.

— Ton idée de nous retrouver régulièrement

à Venise est excellente, tu sais. Ce sera très commode au cours des mois qui viennent, pour moi du moins.

— Que veux-tu dire ?

— Après mon magazine spécial du mois de mars, je serai nommé correspondant permanent au Moyen-Orient. C'est à moi de choisir si je préfère être basé en Israël ou au Liban mais, au départ de ces deux pays, il y a des vols directs pour Venise. J'essaierai de me libérer à chaque fois que tu viendras à Murano, ne serait-ce qu'un ou deux jours ou le temps d'un long week-end.

Un sourire ravi illumina le visage de Vanessa.

— Oh, mon chéri, c'est merveilleux ! Je pourrai te voir tous les mois — enfin, presque. Mais pourquoi es-tu nommé au Moyen-Orient ?

— Je ne voulais à aucun prix retourner en Bosnie, comme tu le sais. Les troubles sont loin d'y avoir pris fin et j'ai d'ailleurs bien peur qu'ils ne se terminent jamais. Les accords de paix sont tellement boiteux qu'ils ne dureront pas, surtout si les troupes de l'ONU quittent le pays. Bref, Jack Clayton, qui connaissait depuis longtemps ma position, m'a demandé si je voulais prendre en main le secteur du Moyen-Orient. Je connais bien la région, Frank est basé au Liban. Alors, bien sûr, j'ai accepté. Je me vois déjà en train d'établir mon camp de base avec lui à l'hôtel Commodore de Beyrouth! ajouta-t-il avec un large sourire. Cela nous rappellera le bon vieux temps de nos années de collège.

— Quand pars-tu là-bas, mon chéri?

— Dans le courant du mois de mars. Je dois superviser le montage final du film à New York à partir du 15 février et je partirai sans doute aussitôt après l'émission.

— Je croyais que tout était calme au Moyen-Orient en ce moment. Que vas-tu y faire?

— Dans cette région, tu sais, le calme est toujours très relatif. Il y a partout des foyers de conflits permanents. Iran, Libye, Arabie Saoudite, Israël, Irak, sans même parler du problème kurde, tu n'as que l'embarras du choix.

— Si tu es à New York en février, nous pourrons donc nous y revoir. Mais si tu pars au Liban en mars, quand nous retrouverons-nous ici?

Un sourire heureux aux lèvres, ses yeux bleus illuminés par un éclair de gaieté, Bill attira Vanessa contre sa poitrine et lui donna un long baiser.

— Mais en mars, mon amour, cela va de soi. Au plus tard à la fin mars, ici même au Gritti. Après tout, nous y avons déjà nos habitudes!

12

Venise, mars 1996

— Aucun message pour moi, vous êtes sûr?

Vanessa avait l'air si inquiète que le concierge du Gritti se sentit obligé de s'excuser d'un sourire embarrassé.

— Non, *signora* Stewart, ni message téléphonique ni fax. Rien du tout.

— Merci.

Vanessa traversa le hall, reprit l'ascenseur. De retour dans sa chambre, assise au petit bureau près de la fenêtre, elle regarda distraitement le Grand Canal, les coudes sur la table et le menton dans les mains. En cet après-midi frais et venteux, le soleil brillait mais Vanessa s'en rendait à peine compte. On était le samedi 30 mars, elle était à Venise depuis quatre jours et Bill aurait dû arriver le jeudi 28 pour passer avec elle un week-end prolongé.

Elle ne s'expliquait pas ce retard de quarante-huit heures. Bill n'était plus dans une zone de combats, le calme régnait à Beyrouth, il le lui avait dit lui-même. Vanessa excluait donc qu'il lui soit arrivé quelque chose de grave. Aurait-il été envoyé dans un autre pays du Proche ou du Moyen-Orient couvrir un événement imprévu? L'actualité ne semblait pourtant pas faire état de troubles récents. Quand il était à New York en février, Bill lui avait parlé de l'Egypte et du Soudan, mais il s'agissait dans son esprit d'études de fond sur l'évolution à long terme des menées islamistes plutôt que de reportages à chaud. Absorbé par la mise au point de son émission sur le terrorisme, Bill n'avait d'ailleurs pu la voir qu'une fois à ce moment-là, juste avant son départ pour Beyrouth.

Plus elle y pensait, plus l'hypothèse d'une mission de dernière minute lui paraissait plausible. Alors même qu'elle se faisait du mauvais sang à son sujet, Bill se trouvait peut-être dans un avion en provenance d'une ville dont elle ignorait le nom imprononçable. Il allait atterrir à Venise d'une heure à l'autre... Le réconfort que lui apporta cette éventualité fut toutefois de courte durée. Un instant plus tard, la même question lui revint à l'esprit avec une inquiétante insistance : si Bill avait été retardé, pourquoi ne lui avait-il pas téléphoné pour l'en avertir?

Vanessa vérifia dans son carnet d'adresses le

numéro de téléphone de l'hôtel Commodore à Beyrouth, prit une ligne extérieure et composa le numéro. Quelques secondes plus tard, le standard du Commodore décrocha.

— M. William Fitzgerald, s'il vous plaît.

— Un instant, je sonne sa chambre.

Vanessa entendit d'interminables tonalités avant que l'opératrice ne se décide à revenir en ligne.

— La chambre de M. Fitzgerald ne répond pas. Voulez-vous laisser un message?

— Oui. Demandez-lui de rappeler dès son retour Vanessa Stewart à l'hôtel Gritti, à Venise.

Elle précisa le numéro du Gritti, raccrocha — et resta figée devant l'appareil muet. Un long moment plus tard, elle alla allumer la télévision qu'elle brancha sur CNS.

Le présentateur météo finissait de donner les prévisions du week-end pour les Etats-Unis. Vanessa eut ensuite droit aux informations internationales, américaines, économiques, sportives. Rien sur le Moyen-Orient ni sur Bill Fitzgerald, vedette des correspondants permanents de la chaîne.

Au bout de deux heures, de guerre lasse, Vanessa coupa le son de la télévision et, pour la énième fois ce jour-là, interrogea ses répondeurs au loft de Manhattan et au cottage de

Southampton. Aucun message de Bill sur l'un ni sur l'autre.

Vers huit heures du soir, elle se fit servir des sandwiches, des fruits, du thé. Elle n'avait rien mangé depuis le petit déjeuner et son estomac commençait à protester. Pendant et après son frugal souper, elle reprit sa faction devant l'écran de télévision qu'elle regarda jusqu'au petit matin d'un œil distrait car, à peu de choses près, il n'y passait que la rediffusion de ce qu'elle avait déjà vu.

De toute façon, elle avait la tête ailleurs.

Le dimanche matin, après une courte nuit de mauvais sommeil, Vanessa but trois tasses de café fort pour secouer sa torpeur, refit le numéro de l'hôtel Commodore à Beyrouth et demanda Bill Fitzgerald. Une fois encore, le poste de sa chambre ne répondit pas.

Vanessa demanda alors à l'opératrice d'appeler la chambre de Frank Peterson. La main crispée sur le combiné, priant le Ciel que Frank soit là, elle entendit la tonalité résonner dans le vide. Frank non plus ne décrocha pas.

— Ces messieurs ne doivent pas être dans leurs chambres, l'informa l'opératrice avec un sens aigu de l'observation. Voulez-vous que je vérifie s'ils sont à la cafétéria?

— Oui, s'il vous plaît.

Vanessa fut branchée sur une exaspérante ritournelle pseudo orientale, qui lui parut durer une éternité avant le retour en ligne de l'opératrice.

— Ces messieurs ne sont pas à l'hôtel en ce moment. Voulez-vous laisser un message?

— Oui. Demandez à M. Fitzgerald de rappeler dès que possible Vanessa Stewart, au Gritti à Venise.

Claquemurée dans sa chambre d'hôtel, Vanessa passa le dimanche le plus lugubre de sa vie à attendre que le téléphone sonne, tout en regardant alternativement CNS et CNN, la chaîne rivale, et en appelant à intervalles réguliers ses deux répondeurs.

Rien. Pas une sonnerie. Pas un message. Pas un mot, pas un signe de quiconque.

Au service international de CNS à New York, qu'elle se décida à appeler en désespoir de cause, on lui déclara tout ignorer de l'emploi du temps ou des déplacements éventuels de Bill Fitzgerald. Nul ne put ou ne voulut lui donner de renseignements plus précis.

Le soir venu, Vanessa avait perdu tout espoir de voir Bill. Devant repartir pour New York le lundi matin, il ne lui restait donc qu'à faire sa valise. Elle y entassa ses affaires au petit bonheur, en proie à des émotions allant de la frustration à la fureur, à la déception, à l'angoisse et, surtout, à un désarroi qui croissait de minute en minute.

Cette nuit-là, incapable de trouver le sommeil, Vanessa se tourna et se retourna dans son lit en priant que le matin vienne enfin la délivrer de son supplice.

Elle avait quand même dû finir par s'assoupir, car elle se réveilla en sursaut aux premières lueurs de l'aube. Les yeux grands ouverts dans la triste pénombre grise, elle dut s'avouer ce qu'elle se refusait à admettre depuis le début du week-end : si Bill n'était pas venu, c'était tout simplement parce qu'elle ne l'intéressait plus. Pour lui, leur belle histoire d'amour était finie. Terminée. Morte.

Non ! se reprit-elle. C'est impossible ! Je me trompe ! Et pourtant, au plus profond d'elle-même, elle savait avoir vu juste. Aucune autre raison ne pouvait expliquer son absence.

Elle referma les yeux afin de mieux se rappeler tout ce qu'il lui avait dit : qu'il l'aimait… qu'il tenait à elle… que pour lui ce n'était pas un jeu. Il l'avait même poussée, encouragée à divorcer de

Peter. Pourquoi aurait-il parlé et agi de la sorte s'il n'avait pas été sincère?

Bien sûr qu'il était sincère — quand il le disait, chuchota dans sa tête une petite voix malveillante. C'est un homme qui a toujours été habile avec les mots, ne l'oublie pas. La parole est son métier. Il a le talent de savoir convaincre son public, l'enjôler, lui faire croire ce qu'il veut. Les Irlandais sont connus pour leur bagout. N'a-t-il pas dit lui-même que sa grand-mère répétait fièrement qu'il avait embrassé la pierre de Blarney?

Et ce n'est pas tout. Il est de nouveau inséparable de Frank Peterson, son meilleur ami, son alter ego. Frank que Bill lui-même dépeint comme un Don Juan, un coureur de jupons impénitent. Bill n'a jamais caché son admiration pour Frank et Bill n'a rien d'un repoussoir, encore moins d'un bonnet de nuit. Ils ont très bien pu passer ce week-end ensemble — ce ne serait sans doute pas le premier et ils ne seraient sûrement pas seuls, entre bons camarades…

L'esprit insensiblement empoisonné par ce venin, Vanessa se vit pour ce qu'elle était : une idiote crédule. Elle avait attendu Bill quatre jours, elle s'était rongé les sangs d'inquiétude, et Bill ne lui avait pas fait le moindre signe. Un grand reporter, correspondant d'une chaîne de télévision mondiale comme CNS, dispose de téléphones et de moyens de communication n'importe où, jusqu'au cœur de la brousse la plus épaisse. S'il l'avait voulu, il aurait pu l'appeler n'importe quand et de n'importe où. Il aurait même pu charger l'un de ses subordonnés de le faire à sa place.

Mais il ne l'avait pas appelée, il ne lui avait donné aucun signe de vie. Et cela, c'était un fait patent. Elle ne pouvait plus se bercer d'illusions.

L'estomac noué par le chagrin et le désarroi, Vanessa fut saisie d'un tremblement impossible à réprimer et sentit des larmes lui jaillir des yeux. Elle alluma la lampe de chevet, regarda son réveil. Il n'était encore que cinq heures du matin. Assise au bord du lit, elle s'efforça de se dominer et de retrouver son calme.

En vain.

Aussi pénible, aussi sordide soit-elle, il fallait admettre la réalité : son amant l'avait bel et bien plaquée. Pourquoi ? Elle l'ignorait et ne le saurait sans doute jamais.

Les larmes qu'elle tentait de retenir ruisselèrent de plus belle et, en dépit de tous ses efforts, Vanessa fut incapable de les faire cesser.

13

Southampton, Long Island,
avril 1996

« L'expérience m'a appris que plus on aime quelqu'un, plus cette personne finit par vous décevoir », lui avait une fois dit sa mère, en ajoutant : « A mon avis, les hommes le comprennent mieux que les femmes. C'est pourquoi ils ont l'habileté de ne pas tout miser sur le même numéro. N'oublie pas ceci, Vanny. Ne donne jamais tout de toi-même par amour et ne te laisse pas berner par un homme. »

Le sage conseil de sa mère lui revenait à la mémoire — mais trop tard. Vanessa avait tout donné d'elle-même par amour, et elle s'était laissé berner par un homme. Bill avait-il usé envers elle de cette tactique méprisable ?

Elle l'avait aimé de tout son cœur, de toutes ses forces, elle s'était fiée aveuglément à lui et, en fin de compte, il l'avait cruellement déçue. Non, se corrigea-t-elle, ce qu'il lui avait fait était beaucoup plus grave et allait beaucoup plus loin qu'une simple déception ! Il l'avait rejetée, humiliée, ridiculisée à ses propres yeux. Il lui avait infligé une blessure si douloureuse qu'elle n'en guérirait sans doute jamais, car il avait plongé le fer au plus profond de son être.

Elle s'était pourtant montrée si franche envers lui, si candide, même. Elle lui avait ouvert son cœur et son âme sans rien lui dissimuler. Elle lui avait offert tout ce qu'elle possédait, ses trésors les plus précieux, les plus secrets — bien davantage, à coup sûr, que ce qu'elle avait jamais donné à aucun homme, même à son mari. Et ce don d'un amour total n'avait eu aucune valeur à ses yeux ! Il l'avait plaquée avec autant de désinvolture qu'il l'avait draguée au bar du Gritti, la veille de Thanksgiving...

Les hommes sont-ils tous pareils ? se demanda-t-elle avec un soupir de lassitude. Des Don Juan sans scrupules ? Des bellâtres bouffis d'une vaine gloriole, qui tiennent un catalogue de leurs conquêtes féminines et se conduisent comme des écoliers qui se vantent des mauvaises farces qu'ils jouent à leurs professeurs ?

Le cœur lourd, l'esprit brouillé par la douleur d'avoir été trahie, Vanessa reprit sa marche sur la dune. Il faisait encore frais pour la mi-avril, le soleil brillait sans éclat dans un ciel voilé, des nuages s'amoncelaient à l'horizon. En dépit du vent qui se levait, l'Atlantique semblait plus calme qu'il ne l'avait été ces derniers jours. Au-dessus de sa tête, des mouettes planaient, criaillaient, plongeaient, se disputaient leur butin. Vanessa contempla un instant leur inlassable ballet. Elle remonta frileusement le capuchon de son duffel-coat contre les gifles du vent, enfonça ses mains gantées dans ses poches.

Elle se sentait sombrer dans une dépression dont elle ne discernait pas l'issue. Elle ne parvenait pas encore à croire, encore moins à comprendre, que Bill se soit retiré de sa vie d'une manière aussi cavalière. Depuis, elle avait eu beau tenter de se convaincre que son abandon était sans importance, une mésaventure classique à laquelle toutes les femmes étaient exposées et dont elle finirait elle aussi par se remettre, elle savait qu'elle se mentait à elle-même.

Leur amour avait été si intense, si sensuel à la fois, si plein d'une passion insatiable, presque sauvage ! Bill l'avait *ravie,* au sens propre du terme, pour la chasser de sa vie et de ses pensées une fois lassé d'elle. L'éliminer d'un claquement de doigts, d'un tour de passe-passe, comme un illusionniste escamote un lapin...

Leur liaison avait-elle été torride au point de se consumer trop vite, trop fort ? De ne rien laisser derrière elle qu'un nuage de fumée, un petit tas de cendres froides? Avait-il eu peur de s'y brûler lui-même? Comment le savoir? Serait-elle jamais sûre de rien, de personne?

De grosses gouttes d'eau sur ses joues lui firent lever les yeux. Poussés par le vent du large, les nuages qui se rapprochaient de la côte occultaient le pâle soleil. Les gouttes de pluie étaient encore clairsemées, mais des éclairs zébraient déjà le plafond de nuages noirs et le grondement du tonnerre résonnait au loin sur l'océan, annonçant un sérieux grain.

Vanessa pressa le pas, escalada la dune et arriva au cottage juste à temps pour échapper au plus fort de l'averse. La porte refermée contre le vent, elle se débarrassa de son duffel-coat mouillé, alluma les lampes pour dissiper l'obscurité. Elle trouva le feu tout prêt dans la cheminée du bureau-bibliothèque et n'eut qu'à craquer une allumette.

Depuis son retour, Mavis Glover, sa dévouée gardienne, faisait preuve à son égard d'une sollicitude exemplaire. Elle lui faisait presque tous les jours ses courses et son ménage. Mais lorsque Mavis lui avait demandé quels journaux ou magazines elle voulait qu'elle lui rapporte, Vanessa avait répondu qu'elle n'en désirait aucun. Elle ne souhaitait plus rester en contact avec le monde extérieur.

A peine revenue de Venise, Vanessa s'était en effet calfeutrée dans son cottage de Southampton, où elle vivait en ermite. Elle avait débranché le téléphone, la radio, la télévision. En fait, elle s'était juré de ne jamais plus jeter les yeux sur un écran de télévision sa vie durant. A la seule exception de Mavis, elle ne fréquentait pas âme qui vive ni ne parlait à personne. Volontairement coupée de tout, elle n'avait pas même envie de revoir sa mère. Pour elle, le monde n'existait plus.

Je vis repliée sur moi-même, comme une bête blessée qui lèche ses plaies, se dit-elle en se laissant tomber sur le canapé devant la cheminée. Une bête, oui...

Elle avait reçu la veille les formulaires juridiques qui lançaient la procédure de son divorce. Comme s'ils signifiaient encore quelque chose! s'était-elle exclamée avec un éclat de rire amer. Tant que Bill faisait partie de sa vie, elle piaffait de l'impatience d'aboutir. Maintenant qu'il l'avait abandonnée, à quoi bon se donner tant de mal? Elle était lasse de poursuivre des chimères.

Une bouffée de chagrin et de rage impuissante déclencha un nouveau flot de larmes brûlantes. Le visage enfoui dans un coussin, Vanessa les laissa couler dans l'espoir que la source s'en tarirait enfin.

A bout de nerfs, Vanessa s'était assoupie sans s'en rendre compte. Elle émergea soudain de sa torpeur malsaine et lança autour d'elle un regard égaré. Le feu était presque éteint. La pendule de la cheminée marquait cinq heures du soir. Sa première pensée consciente fut de se dire qu'il était grand temps de se mettre au travail.

Se levant tant bien que mal, elle vit par la fenêtre que la pluie avait cessé. Le plafond de nuages s'était dissippé et le soleil, déjà bas sur l'horizon, brillait à nouveau dans le ciel redevenu clair.

Elle endossa son duffel-coat, traversa la pelouse vers la remise transformée en atelier. En passant devant le bouquet d'arbres à gauche de la maison, elle s'arrêta un instant. Des années auparavant, sa mère y avait planté un parterre de jonquilles, qu'elle renouvelait elle-même régulièrement depuis qu'elle possédait le cottage. A l'abri des arbres, les fleurs commençaient à éclore. Leurs têtes d'or ondoyaient sous la brise, comme des lucioles dans la lumière déclinante. Ce tableau si frais, si printanier provoqua un nouvel accès de larmes, que Vanessa refoula rageusement avant de reprendre sa marche.

Une fois dans l'atelier, elle se força à ne penser qu'à son travail. Elle s'assit à sa table à dessin, alluma la lampe, esquissa des formes diverses jusqu'à ce qu'une idée s'en dégage et finisse par s'imposer à elle.

Le travail était devenu sa seule planche de salut. Incapable de dormir la nuit, elle avait décidé d'inverser ses horaires habituels. De cinq heures à onze heures du soir, elle dessinait. À minuit, elle se préparait un léger souper. Ensuite, elle passait le reste de sa nuit à lire, jusqu'à ce que la fatigue finisse par lui fermer les yeux. Quand elle estimait ses dessins achevés, elle travaillait au four, toujours selon le même rythme. Elle soufflait ses pièces, les modifiait parfois afin de les parfaire. Et, à chaque stade de ce processus, elle se demandait si elle serait jamais capable de retourner un jour à Venise.

Ce jour-là, en tout cas, elle changerait d'hôtel Pour rien au monde, Vanessa ne remettrait les pieds au Gritti.

14

Beyrouth, avril 1996

— Bill enlevé en pleine rue, en plein jour ?
C'est insensé ! Tu y étais, Joe. Que s'est-il réellement passé ?

Pâle, les traits tirés, Frank Peterson était au bar
du Marriott avec Joe Alonzo, l'ingénieur du son
de CNS.

— Je te l'ai déjà dit, Frank, tout s'est passé en
un clin d'œil, si vite que j'ai à peine eu le temps
de m'en rendre compte. Nous étions à Beyrouth-
Ouest, près de la mosquée. Nous descendions de
voiture tous les trois, Bill, Mike et moi. Bill a fait
quelques pas en direction de la mosquée pendant
que Mike et moi ouvrions le coffre pour sortir le
matériel. C'est alors qu'une grosse Mercedes a
freiné à côté de nous, trois jeunes types ont sauté
à terre et ceinturé Bill avant de le pousser dans
la voiture qui a démarré à fond de train.

— Et vous ne l'avez pas prise en chasse ?
s'écria Frank.

— Je sais ce que tu penses, Frank. Mais c'était tellement invraisemblable que, l'espace d'une seconde, Mike et moi sommes restés littéralement paralysés de stupeur.

— Sans réagir ?

— Bien sûr que si, mais pas assez vite. Le temps de bondir dans notre voiture et de démarrer, la Mercedes s'était volatilisée. Aucune trace, nulle part.

— Evidemment, ces salauds connaissent la ville mieux que personne. Ils ont dû s'engouffrer dans une cour ou un passage dont les étrangers ignorent l'existence... Si Mike et toi n'aviez pas été en train d'ouvrir le coffre, ajouta Frank, vous auriez sans doute été embarqués vous aussi.

— C'est très probable, intervint Mike Williams.

Le cameraman de l'équipe de Bill Fitzgerald venait d'entrer dans le bar et les rejoignait à leur table. Frank lui serra la main et l'invita à s'asseoir.

— Content de te voir, Mike. Joe me racontait l'enlèvement de Bill.

Mike se laissa tomber sur une chaise.

— Un histoire de fous, soupira-t-il. Nous sommes tous dans le brouillard... Quand es-tu revenu à Beyrouth, Frank ?

— Je suis rentré d'Egypte hier soir. Le magazine m'avait envoyé faire un reportage sur les

Frères Musulmans quand j'ai appris que la bagarre reprenait entre Israël et le Hezbollah. La guerre civile est finie, le Liban est à peu près calme et il faut qu'ils recommencent à se taper dessus ! En fait, ils n'ont jamais cessé de se battre.

— Non, et je n'en vois pas la fin, commenta Mike. C'est pourtant la première fois depuis quatorze ans qu'Israël s'en prend directement à Beyrouth. Je n'en croyais pas mes yeux.

— Peut-être, intervint Joe, mais n'oublie quand même pas que les Israéliens n'ont fait que riposter aux tirs de missiles du Hezbollah.

— Et pour réagir au bombardement de Beyrouth, enchaîna Frank, le Hezbollah a envoyé quarante missiles sur Israël pas plus tard qu'hier. En somme, la guerre d'usure reprend son cours.

— Plus ça change, plus c'est la même chose, déclara Mike. On ne sortira jamais de ce maudit cercle vicieux…

Il héla un serveur et commanda un double scotch. Frank et Joe firent de même.

— Quand j'ai appris l'enlèvement de Bill au Caire en regardant CNS, dit Frank, j'étais en état de choc. Je venais à peine de le quitter, vous vous rendez compte ? J'étais parti de Beyrouth le 27 et il a été kidnappé le 28 ! Et pendant ce temps, jusqu'à ce que la nouvelle sorte, je le croyais à Venise en train de se changer les idées.

175

— Ce pauvre Bill n'est jamais arrivé à Venise, commenta Mike sombrement. Tu te doutes bien que la chaîne a gardé la nouvelle sous le coude quelques jours, dans l'espoir qu'il serait vite relâché. Mais, comme il n'est pas reparu, ils ont décidé de l'annoncer.

— L'enlèvement a-t-il été revendiqué ? demanda Frank.

— Non, nous n'avons encore aucun élément, répondit Joe. Pas même un début de piste.

— Je viens d'avoir Jack Clayton au téléphone, intervint Mike. La chaîne non plus ne dispose d'aucune information. D'habitude, ces fumiers sont tellement avides de publicité qu'ils se bousculent pour revendiquer les attentats et les prises d'otages, même quand ils n'y sont pour rien. Dans ce cas, pas un mot. Silence radio de tous les côtés.

— C'est sûrement le Hezbollah, affirma Frank. Qu'en dites-vous, vous deux ? Je ne vois pas qui d'autre y aurait eu intérêt. Pendant son enquête sur le terrorisme, Bill a dû marcher sur beaucoup de pieds sensibles.

— Tu as raison, approuva Joe. Mike et moi le pensons aussi. Et si ce n'est pas le Hezbollah lui-même, ils ont fait exécuter la besogne par le Djihad islamique. Tu sais mieux que personne, Frank, que le Djihad est une bande de fanatiques

176

à moitié cinglés. Ce sont eux qui avaient enlevé Terry Anderson et William Buckley, et ils n'ont pas la réputation de relâcher vite leurs otages.

— Oui. Ce pauvre bougre de Terry Anderson est resté sept ans entre leurs mains, grommela Frank.

— Ne retourne pas le fer dans la plaie, je t'en prie! protesta Mike. Au fait, nous avons pris contact avec la mère de Bill.

— Je lui ai moi-même téléphoné du Caire, aussitôt que j'ai appris la nouvelle. Elle semble tenir le coup.

— Nous lui téléphonons régulièrement, précisa Joe. Nous n'avons rien de neuf à lui apprendre, hélas!

— Je suis quand même sûr que cela lui fait du bien de vous parler, dit Frank.

Il s'interrompit et vida le fond de son verre en pensant à Vanessa. Depuis plusieurs jours, il essayait de la joindre elle aussi, mais aucun de ses téléphones ne répondait. Ce silence ou, plutôt, cette quasi-disparition l'étonnait et commençait à l'inquiéter.

— Que fait CNS pour tenter de localiser Bill? reprit-il après avoir commandé d'un geste une nouvelle tournée.

— Ils ne peuvent pas faire grand-chose, observa Mike. Le jour même de l'enlèvement de

Bill, ils ont diffusé sa photo dans tout le Liban, ils ont mis le maximum de pression sur les autorités libanaises et le gouvernement syrien, mais cela ne donne encore aucun résultat.

— Ils interviennent aussi auprès de la Maison Blanche, enchaîna Joe. Mais ne nous illusionnons pas, Frank. Personne ne pourra rien faire d'utile tant que l'enlèvement n'aura pas été revendiqué. Ce n'est qu'en sachant à qui ils ont affaire que le gouvernement américain et les patrons de la chaîne seront en mesure d'agir ou de négocier sa libération.

— Quand je pense, dit Frank avec un soupir, que je lui disais pour plaisanter qu'il était à l'épreuve des balles…

Il s'interrompit en voyant s'approcher de leur table le correspondant permanent de CNN, Allen Brent.

— Nous venons de recevoir un flash, annonça-t-il. Le Hezbollah a revendiqué l'enlèvement de Bill Fitzgerald.

— Le Hezbollah ? s'écria Frank. Bon Dieu…

— Quand la nouvelle est-elle tombée ? demanda Joe.

Brent jeta un coup d'œil à sa montre :

— A 18 h 30, il y a une demi-heure.

Mark Lawrence, l'envoyé spécial de CNS qui couvrait l'enlèvement de Bill, apparut à son tour à l'entrée du bar, qu'il traversa en hâte pour rejoindre ses collègues.

— Vous êtes au courant? demanda-t-il à la cantonade.

— Oui, répondit Mike, Allen vient de nous l'apprendre.

— Bill à la merci de ces fanatiques! s'écria Frank. J'en suis malade. Pourvu qu'il s'en sorte, grands dieux, pourvu qu'il s'en sorte...

La pièce exiguë était plongée dans l'obscurité. De rares filets d'air et de lumière se glissaient à grand-peine par les interstices des planches clouées sur les fenêtres.

Les poignets menottés, les chevilles entravées par des chaînes, Bill Fitzgerald parvint à se retourner sur l'étroit lit de camp. Depuis le début de sa captivité, il s'efforçait d'en estimer la durée en gardant une trace de l'alternance des jours et des nuits. Combien s'étaient écoulés depuis son enlèvement? Dix, quinze jours? Quand il posait la question, les geôliers qui se succédaient lui donnaient toujours la même réponse : «Ta gueule, cochon d'Américain!»

Il était sale au point de ne plus supporter sa propre odeur. Si seulement ils lui permettaient de prendre une douche! Il n'avait eu le droit de se laver que deux fois depuis sa capture. Ses vêtements étaient si crasseux qu'il avait supplié qu'on lui en fournisse des propres, ce qu'un garde avait enfin daigné faire la veille. Il lui avait jeté un slip, un T-shirt en coton, un pantalon de treillis militaire et avait défait ses liens le temps qu'il se change. C'était mieux que rien.

Bill n'avait aucune idée de l'endroit où on le retenait en otage. Etait-il encore à Beyrouth? L'avait-on emmené dans la plaine de la Bekaa ou quelque part au Sud-Liban, que le Hezbollah contrôlait sans partage?

Bill ne savait même pas pourquoi il avait été enlevé, sauf qu'il était américain et auteur d'un reportage sur le terrorisme qui avait sans doute déplu à ses ravisseurs. Il n'était sûr que de leur appartenance au Djihad islamique, le bras armé du Hezbollah. Les plus fanatiques de tous, capables de tout et de n'importe quoi.

Ils le gardaient enchaîné vingt-quatre heures sur vingt-quatre, l'injuriaient, le rouaient de coups et lui donnaient à peine de quoi boire et manger — une eau tiède et croupie, une nourriture infecte «encore trop bonne pour un cochon», lui disaient-ils en ricanant.

Pourtant, en dépit des mauvais traitements auxquels il était soumis, Bill refusait de se laisser abattre. Par un constant effort de volonté, il exer-

180

çait son esprit à ne pas céder au découragement. Il pensait à sa fille, à sa mère, à Vanessa, la femme qu'il aimait. C'était d'elles qu'il se souciait, de la manière dont elles réagissaient à son enlèvement. Mais il faisait confiance à leur force de caractère. Helena elle-même, malgré son jeune âge, saurait résister à cette épreuve, la plus cruelle de toutes.

Sur le plafond sale et lézardé de sa prison, l'image de Vanessa se dessina. Vanessa si belle, si lumineuse, si chère à son cœur. Vanessa à laquelle il tenait par toutes les fibres de son être. Quelle chance inouïe il avait eue de la rencontrer ! Ils auraient ensemble une vie merveilleuse, il le savait avec une certitude puisée au plus profond de lui-même. Aussitôt qu'il serait libéré, il lui ferait un enfant. L'enfant qu'elle désirait avec d'autant plus d'ardeur que son mari l'en avait frustrée, comme elle le lui avait avoué lors de leur dernière rencontre.

Les premiers jours de sa captivité, Bill s'était beaucoup inquiété à son sujet. Elle l'attendait à Venise, seule, sans comprendre pourquoi il ne venait pas comme ils en étaient convenus. Qu'avait-elle pu penser ? Maintenant, bien sûr, elle savait. Le monde entier devait être au courant...

La clef tourna dans la serrure. Bill se redressa, prêt à subir la séance quotidienne de sévices auxquels il s'était accoutumé. Un de ses gardiens s'approcha, la Kalachnikov à la bretelle et un chiffon à la main.

— Bande-toi les yeux, aboya le jeune homme.

— Pourquoi ? voulut savoir Bill.

— Ta gueule, cochon d'Américain !

— Je veux savoir pourquoi ! cria Bill.

L'autre l'empoigna aux épaules et lui noua rudement le chiffon autour de la tête.

— Debout, salaud d'espion !

Bill voulut se débattre. L'homme lui assena une gifle.

— Où m'emmenez-vous ?

— Je t'ai dit de fermer ta gueule !

Et d'une bourrade qui fit trébucher son prisonnier, le terroriste poussa Bill vers la porte de la cellule.

15

Southampton, Long Island, avril 1996

Réveillée en sursaut, Vanessa se redressa sur le canapé du living où elle s'était assoupie. Le bruit des coups sourds qui l'avaient tirée de sa torpeur continuait à résonner. Désorientée, elle se leva, traversa la pièce. Ce n'est qu'en arrivant dans le vestibule qu'elle se rendit compte que quelqu'un frappait à la porte du cottage.

— J'arrive, j'arrive! cria-t-elle.

Elle courut ouvrir la porte — et se figea sur le seuil, stupéfaite de reconnaître la mère de Bill.

— Dru! s'exclama-t-elle. Bonjour, mais… que faites-vous ici? Vous frappez depuis long-temps?

Sans répondre, Drucilla Fitzgerald la dévisagea fixement.

— Qu'est-ce qui vous amène? insista Vanessa. Pourquoi êtes-vous venue?

Son étonnement fit place à l'inquiétude en

constatant alors la mine défaite et les yeux rougis de sa visiteuse.

— Dru, répondez! Qu'y a-t-il?

En proie à un soudain malaise, la mère de Bill dut s'appuyer au chambranle de la porte.

— Puis-je entrer, Vanessa? dit-elle d'un voix faible.

— Bien sûr, voyons! Entrez, venez vous asseoir. Je suis impardonnable de vous laisser debout. Désirez-vous quelque chose? Que puis-je vous offrir?

— Un verre d'eau. Je dois prendre un médicament.

La soutenant, Vanessa guida Dru vers le living et la fit asseoir dans un fauteuil avant de courir à la cuisine chercher le verre d'eau demandé.

— Que se passe-t-il, Dru? lui demanda Vanessa lorsqu'elle eut avalé un comprimé. Vous paraissez bouleversée.

Drucilla Fitzgerald ne put retenir un sursaut d'étonnement. A l'évidence, Vanessa ignorait tout de ce qui était arrivé à Bill. Par quel mystère cette nouvelle, diffusée dans le monde entier, avait-elle pu lui échapper? Dru renonça à comprendre, mais la sincérité de Vanessa ne pouvait être mise en doute. Comment le lui annoncer, quels mots choisir? se demanda-t-elle avec désarroi. Les larmes aux yeux, elle dut se joindre les mains pour les empêcher de trembler.

Déconcertée par le silence persistant de Dru, Vanessa allait répéter sa question quand la mère de Bill lui prit la main et s'éclaircit la voix :

— J'essaie de vous joindre depuis des jours et des jours, Vanessa…

Hors d'état de poursuivre, elle chercha à la hâte dans son sac un mouchoir pour sécher ses larmes.

— J'avais débranché mon téléphone, expliqua Vanessa. Il s'agit de Bill, n'est-ce pas ? ajouta-t-elle, la gorge soudain nouée par un sinistre pressentiment. Il est arrivé qulque chose à Bill ? Parlez-moi, je vous en prie.

Incapable de répondre, Dru sanglotait de plus belle. Vanessa s'assit près d'elle, la prit par les épaules.

— Je ne sais rien, Dru, je ne comprends pas. Depuis quinze jours, je me suis coupée du monde. J'ai débranché le téléphone et la télévision, je ne lis plus les journaux. Que s'est-il passé ? Répondez, je vous en prie.

Les joues ruisselantes de larmes, Dru se tourna enfin vers elle.

— Il est mort, dit-elle d'une voix à peine audible. Mon fils est mort. Ils m'ont pris mon seul enfant de la manière la plus atroce. Oh !

Vanessa .. Pourquoi l'ont-ils assassiné? Il ne reviendra jamais. Il est mort. Qu'allons-nous devenir sans lui? Mon Dieu, qu'allons-nous devenir?..

La voix de nouveau étouffée par les sanglots, Dru se croisa les bras sur sa poitrine comme pour empêcher son cœur d'éclater de douleur.

Glacée d'horreur, assommée par le choc de cette révélation, saisie d'un tremblement incontrôlable, Vanessa resta un long moment incapable de proférer un mot.

— Je ne comprends pas, dit-elle enfin. Qui l'a tué?

Les deux femmes s'étreignirent.

— Le Hezbollah, Vanessa, parvint à répondre Dru entre ses larmes. Ils ont enlevé Bill à Beyrouth. Je me rends compte maintenant que vous ne saviez rien, sinon vous seriez venue nous voir, Helena et moi.

Vanessa dut prendre sur elle pour réfréner les sanglots qui l'empêchaient de parler.

— Quand? demanda-t-elle. Quand l'ont-ils enlevé?

Avant même que Dru ait parlé, elle connaissait déjà la réponse. Ses larmes redoublèrent.

— Le 28 mars, un jeudi. Il était sorti dans la matinée avec son équipe, Joe et Mike...

186

Le cri de détresse de Vanessa lui coupa la parole :

— Non ! Dieu tout-puissant, non !

Le visage enfoui dans ses mains, Vanessa s'efforçait en vain de stopper le flot de larmes qui ruisselaient entre ses doigts crispés jusque sur son chemisier.

— Je l'attendais à Venise ce jour-là et il ne venait pas... Je croyais qu'il ne voulait plus de moi, que tout était fini entre nous. Je doutais de lui, de son amour pour moi. Et lui, pendant ce temps... Oh ! Dru... Il n'est pas venu parce qu'il ne pouvait pas... Il ne pouvait pas...

Un long moment, le silence ne fut meublé que par le bruit déchirant de leurs sanglots.

— Non, il ne pouvait pas, murmura enfin Drucilla. Il vous aimait, Vanessa. Il voulait vous épouser, je le sais. Il m'avait dit aussi que vous étiez mariée mais que vous alliez divorcer.

Au prix d'un effort surhumain, Vanessa parvint à se maîtriser et à retrouver sa voix :

— Bill était l'homme de ma vie. Il m'aimait, je l'aimais, je lui appartenais corps et âme. Comment ai-je pu être assez folle, assez aveugle pour douter de lui ? Je ne me le pardonnerai jamais, Dru.

— Quand nous aimons, nous éprouvons parfois des sentiments... excessifs, ma chère petite.

— Je l'aimais, je l'aime encore de toutes mes forces, plus que tout, plus que quiconque au monde. Je n'aurais jamais dû douter de lui à Venise. J'aurais dû sentir qu'il lui était arrivé une chose terrible. Une chose contre laquelle il ne pouvait rien. Quel démon a pu me faire croire un seul instant qu'il m'avait abandonnée?

Dru garda le silence quelques instants.

— Ne vous faites pas de reproches, Vanessa. Vous étiez blessée, désorientée.

L'indulgence, la bonté dont la mère de Bill faisait preuve envers elle aggrava la douleur de Vanessa, qui ne put retenir un nouveau flot de larmes.

— Quand l'ont-ils assassiné? demanda-t-elle.

— Nous ne savons pas au juste...

A son tour, Dru perdit le peu de contrôle qu'elle avait réussi à reprendre sur elle-même.

— Andrew Bryce, le président de CNS, et Jack Clayton, le directeur de la rédaction et producteur des émissions de Bill, sont venus me voir hier, poursuivit-elle. Ils voulaient m'apprendre eux-mêmes que les terroristes avaient déposé son corps à l'ambassade de France à Beyrouth, qui l'a remis à l'hôpital américain pour être rapatrié.

— Mais *pourquoi* l'ont-ils tué, Dru? Pourquoi?

— Ni Andrew ni Jack n'en savent rien.

188

Personne ne sait rien. Le Hezbollah et le Djihad islamique n'ont donné aucune explication à leur crime.

Unies par leur deuil pour cet homme qu'elles aimaient, les deux femmes partagèrent un long moment en silence leurs pensées douloureuses.

— Où est Helena ? demanda enfin Vanessa.

Les larmes que Dru avait réussi à contenir recommencèrent à couler de plus belle.

— Je l'ai amenée avec moi, je n'avais pas le cœur de la laisser seule à la maison, répondit-elle quand elle fut en état de reprendre la parole. Elle se promène sur la plage avec Alice, sa nurse. La pauvre enfant a le cœur brisé. Elle adorait son père.

Hors d'état de parler, Vanessa se leva et alla à la fenêtre. Devant l'immensité de l'Atlantique, l'esprit tout entier occupé du souvenir de Bill et de l'amour qu'ils avaient partagé, elle pensa à sa fille désormais seule au monde et la décision s'imposa d'elle-même.

Elle revint s'asseoir sur le canapé, prit les mains de Dru entre les siennes.

— Je crois qu'Helena et vous devriez rester quelques jours ici avec moi, Dru. Bill souhaitait que nous soyons unies dans la joie, il n'aurait pas voulu que nous nous séparions dans l'épreuve.

189

Plus tard ce soir-là, une fois seule dans sa chambre, Vanessa versa de nouveau des larmes amères sur la mémoire de Bill. Elle pleura la perte de l'homme qu'elle aimait, leur amour brisé, la vie qu'ils ne vivraient jamais ensemble, l'enfant qu'ils ne pourraient plus avoir.

Ce fut pour elle une longue nuit de larmes et de douleur. Le remords d'avoir douté de Bill revint aussi la visiter, mais elle parvint à le chasser avant que son venin n'ait le temps d'accomplir son œuvre destructrice. Il était inutile et malsain de se complaire dans ce sentiment morbide de culpabilité sans réel objet, se répéta-t-elle jusqu'à s'en convaincre. Bill serait le premier à le lui dire, comme sa mère elle-même l'avait fait d'instinct.

Lorsque les premières lueurs de l'aube dessinèrent la forme des dunes, Vanessa savait que son deuil serait long et qu'elle devrait le laisser suivre son cours. Bill Fitzgerald avait été l'homme de sa vie, son seul véritable amour, et elle l'avait perdu sans retour. Perdu à l'autre bout de la terre par la faute de la folie criminelle d'inconnus dont elle ignorerait toujours ce qui les avait poussés à commettre ce crime. C'était absurde, insensé, monstrueux. Bill était trop jeune pour mourir.

Un tel drame n'aurait jamais dû se produire.

Pourtant, il avait eu lieu et la laissait seule au monde, comme sa mère et sa fille, elles aussi perdues sans lui. Le cri désespéré de Dru sonna de nouveau à ses oreilles. « Qu'allons-nous devenir ? » C'était à elles, désormais, qu'elle devait se consacrer ; d'elles seules qu'il lui incombait de se soucier avant tout. Elle ferait ce que Bill aurait attendu d'elle : les consoler, les soutenir. Les entourer de tout l'amour dont elle était capable. A qui d'autre le donner ? Qui le méritait davantage ?

Elles avaient toutes trois besoin les unes des autres.

16

— Vous avez eu raison d'insister pour qu'Alice prenne son congé comme prévu, dit Vanessa.

Penchée sur le fourneau, elle tournait une cuiller de bois dans la marmite où mijotait un bouillon de poulet.

— C'eût été dommage qu'elle bouleverse ses projets à la dernière minute, poursuivit-elle. Je ne la connais pas assez pour la juger, mais elle m'a fait très bonne impression. Et elle est très affectueuse avec Helena.

Dru ne répondit toujours pas.

— Savez-vous où elle va passer ses vacances ? insista Vanessa.

Etonnée du silence persistant de Dru, Vanessa se retourna.

— Mon Dieu, Dru ! Qu'avez-vous ?

Elle lâcha la cuiller de bois et traversa la cuisine en courant. Affaissée sur une chaise, livide,

Drucilla se tenait la poitrine en grimaçant de douleur.

— Dru! Dru, qu'avez-vous? répéta Vanessa avec inquiétude.

— J'ai très mal dans la poitrine. Au bras gauche, aussi. Je crois que c'est un infarctus.

— Ne bougez pas! Je sors la voiture, l'hôpital de Southampton est à quelques minutes d'ici, je vous y emmène tout de suite. Ne bougez surtout pas, d'accord?

Dru répondit d'un signe de tête.

Vanessa courut au garage, sortit sa voiture qu'elle rangea devant la porte de la maison, puis elle repartit en courant vers son atelier où elle avait installé Helena, qui était en train de dessiner.

— Helena, ma chérie, viens vite! Nous devons sortir.

— Pour aller où?

— A l'hôpital. Ta grand-mère a un malaise.

La fillette sauta de son haut tabouret et se précipita vers la porte.

— J'arrive! C'est son cœur, n'est-ce pas?

— Oui, je crois.

Elle prit Helena par la main et l'entraîna aussi vite que possible jusqu'à la maison.

— Monte en voiture, ma chérie, et attends-nous. Je reviens tout de suite avec Granny.

Toujours courant, Vanessa rentra dans la maison, empoigna son sac au passage dans la penderie du vestibule et alla à la cuisine. Dru était restée assise dans la même position.

Vanessa se pencha vers elle :

— Vous sentez-vous plus mal, Dru ?

— Non, la douleur ne s'est pas aggravée.

— Pourrez-vous marcher jusqu'à la voiture ?

— Oui, si vous m'aidez.

L'une soutenant l'autre, les deux femmes traversèrent la maison à pas lents et arrivèrent enfin à la voiture. Vanessa aida Dru à y monter et lui boucla sa ceinture.

— Ne vous inquiétez pas, nous serons bientôt arrivées. Tout ira bien, vous verrez, dit Vanessa d'un ton qu'elle voulait rassurant, en priant que le Ciel l'entende.

Et elle ne cessa de répéter sa prière pendant tout le trajet jusqu'à l'hôpital.

— Mme Fitzgerald a eu en effet un infarctus, dit le Dr Paula Matthews en attirant Vanessa à l'écart dans un coin de la salle d'attente. Dieu merci, il était bénin et elle se rétablira sans difficulté, mais elle devra dorénavant se surveiller et prendre certaines précautions.

— J'y veillerai, docteur. Combien de temps pensez-vous qu'elle doive rester hospitalisée ?

— Quelques jours, quatre ou cinq tout au plus. Si nous la gardons en observation au service de cardiologie, c'est surtout par précaution, pour lui imposer un repos dont elle semble avoir grand besoin. Quelle ravissante enfant ! ajouta la cardiologue en souriant à Helena, assise près d'une fenêtre. Vous avez de la chance.

— Merci, dit Vanessa, faute de savoir que dire d'autre.

— Mme Fitzgerald a hâte de vous voir toutes les deux. Venez, je vous accompagne à sa chambre.

Un instant plus tard, Vanessa et Helena s'assirent au chevet de Drucilla, encore pâle et affaiblie.

— Ma pauvre Vanessa, je suis désolée de vous causer tout ce dérangement, dit-elle en parvenant à esquisser un sourire. Je suis une invitée bien encombrante.

— Pas du tout, voyons ! Je suis trop contente d'avoir pu me rendre utile. Helena et moi viendrons vous rendre visite tous les jours.

— Vanessa m'a dit que nous t'apporterons des livres et des magazines pour te distraire, Granny, ajouta Helena. Et aussi des fleurs.

— Merci, ma chérie, murmura sa grand-mère.

— Et ne vous inquiétez surtout pas pour Helena, dit Vanessa en lui prenant la main. Nous aurons largement de quoi nous occuper en attendant votre retour.

— Mais votre travail, Vanessa ?

— Helena et mon travail n'ont rien d'incompatible, dit Vanessa en riant. Nous nous entendons déjà comme de vieilles amies, tout ira bien. Pour les jours qui viennent, ne vous souciez que de vous-même et de reprendre des forces.

— Je ne sais comment vous remercier...

— Pas question de remerciements, Dru ! Vous pourrez toujours compter sur moi, vous devriez le savoir.

— Bill m'a dit que vous aviez un cœur d'or, je vois qu'il avait raison une fois de plus. Il ne se trompait jamais dans ses jugements...

Elle dut s'interrompre pour ravaler les larmes qui lui montaient aux yeux à la pensée de son fils.

— Mais un hôpital n'est pas un endroit pour la jeunesse, reprit-elle en parvenant à sourire. Allez vite déjeuner et laissez-moi me reposer, je ne veux plus vous voir d'ici demain.

Tourne et tourne la jeune belette,
Tourne et tourne le petit lapin...

197

Vanessa chantait et dansait autour de la pièce en guidant Helena qu'elle tenait par les deux mains. Le rire joyeux de la fillette lui mettait du baume au cœur car Helena, réagissant avec un temps de retard au départ de sa grand-mère la veille pour l'hôpital, avait passé sa matinée dans un océan de larmes.

La crise cardiaque de Drucilla survenant si tôt après la mort de son père, c'était plus qu'une enfant de cet âge ne pouvait supporter. Vanessa le comprenait fort bien, mais elle n'avait pas réussi à consoler Helena ni à sécher ses pleurs — jusqu'à ce que l'idée lui vienne de chanter cette comptine, qui obtenait un succès inespéré.

— Quelle drôle de chanson ! s'exclama Helena, hors d'haleine. Qu'est-ce que c'est, une belette ?

— Un petit animal à fourrure qui a une longue queue en panache et qui vit dans les bois.

— Comment connais-tu cette chanson ?

— Quand j'avais six ans, comme toi, j'ai habité Londres quelque temps avec mes parents et j'avais une nurse anglaise qui m'a appris des rondes et des comptines. J'en ai oublié la plupart, mais pas celle-ci parce que je l'aimais beaucoup.

— Tu peux me l'apprendre ?

— Bien sûr ! Chante avec moi, Helena. Une, deux...

Tourne et tourne la jeune belette,
Tourne et tourne le petit lapin...

Elles reprirent leur ronde autour de la pièce, Helena chanta à l'unisson. Au bout d'une demi-douzaine de fois, elle savait par cœur les couplets et le refrain.

— Je la chanterai à Granny quand nous irons la voir tout à l'heure ! s'exclama Helena en tapant joyeusement dans ses mains.

— Bonne idée, ma puce.

Le sourire d'Helena s'effaça d'un seul coup et elle recula d'un bond, comme si Vanessa l'avait frappée.

— Qu'y a-t-il, ma chérie ? demanda-t-elle, stupéfaite.

— Ne m'appelle jamais « ma puce » ! Il n'y a que papa qui peut m'appeler comme cela, s'écria-t-elle.

Elle éclata en sanglots. Atterrée, Vanessa la prit dans ses bras et la serra sur sa poitrine.

— Pardonne-moi, Helena, je ne savais pas. Ne pleure pas, ma chérie, je t'en prie.

Pendue au cou de Vanessa comme si elle ne voulait plus la lâcher, Helena pleurait de plus belle. Bouleversée, Vanessa lui prodigua des caresses et des mots affectueux. Lorsque la crise de larmes finit par s'apaiser, elle la fit asseoir sur le canapé, prit place auprès d'elle, la serra dans ses bras et lui essuya les yeux avec son mouchoir.

— Quand nous irons voir Granny à l'hôpital, nous partirons un peu plus tôt et nous mangerons un hamburger en ville au lieu de déjeuner ici. Cela te plairait?

— Je pourrai aussi avoir des frites?

— Bien sûr!

— Et une glace comme dessert?

— Un double cornet si tu veux, dit Vanessa en souriant.

Helena se mordit soudain les lèvres et parut de nouveau sur le point de pleurer.

— Pourquoi es-tu si triste, tout à coup, ma chérie?

— Je pense à Granny... Est-ce qu'elle va mourir?

— Bien sûr que non, voyons! Pourquoi dis-tu cela?

— Parce qu'on peut mourir d'une crise cardiaque, comme la grand-mère de Jennifer.

— Qui est Jennifer?

— Ma meilleure amie.

— Eh bien, ta Granny à toi n'en mourra pas, je te le garantis. D'ailleurs, c'est le docteur qui me l'a dit.

— Pourquoi est-elle à l'hôpital, alors?

— Pour être bien soignée. Je t'ai expliqué hier que Granny y reste jusqu'à vendredi parce qu'elle a surtout besoin de se reposer. Elle sera complètement guérie quand elle en sortira, crois-moi.

— Ils lui réparent son cœur, à l'hôpital ?

— Oui, répondit Vanessa avec un sourire rassurant.

— Parce que Granny a le cœur brisé. Il s'est brisé l'autre jour quand les hommes sont venus la voir.

— Quels hommes ? s'étonna Vanessa, déconcertée.

— Ceux de la télévision.

— Ah, oui ! J'avais oublié.

— C'est quand ils ont dit à Granny que papa était mort que son cœur s'est brisé.

— Je comprends, ma chérie.

— Est-ce que papa est au Ciel ? demanda Helena en fixant sur Vanessa un regard interrogateur.

Vanessa déglutit avec difficulté.

— Sûrement, parvint-elle à articuler.

— Avec ma maman ?

— Bien sûr. Ils sont ensemble, maintenant, répondit-elle en priant de ne pas fondre en larmes.

Helena hésita avant de poser une nouvelle question :

— Quand va-t-il revenir, Vanessa ?

Cette fois, Vanessa crut perdre pour de bon le contrôle qu'elle gardait à grand-peine sur elle-même.

— Eh bien, vois-tu ma chérie, il ne... peut pas revenir. Il doit rester avec ta maman pour prendre bien soin d'elle.

Vanessa se détourna pour essuyer furtivement ses larmes. Helena réfléchit un instant, les sourcils froncés.

— Mais moi, je voudrais qu'il revienne prendre soin de moi, dit-elle enfin.

— Je sais, ma chérie, mais il ne le pourra pas, vois-tu. C'est Granny qui prendra soin de toi, maintenant.

— Et si elle mourait, elle aussi ?

— Elle ne mourra pas, je te l'ai déjà dit.

— Comment le sais-tu ?

— Parce que j'en suis sûre, Helena.

— Sais-tu pourquoi les hommes ont tué mon papa ?

— Parce qu'ils sont méchants, ma chérie.

Les yeux d'Helena s'emplirent à nouveau de larmes.

— Je veux que papa revienne. Fais-le revenir, Vanessa.

— Allons, allons, ne pleure pas, ma chérie. Je suis là, moi, je m'occuperai de toi.

Elle serra la petite fille sur sa poitrine, lui prodigua à nouveau des caresses et des mots rassurants. Au bout d'un moment, Helena s'écarta et la regarda dans les yeux :

— Pouvons-nous venir vivre avec toi ?

Désarçonnée, Vanessa ne sut que répondre.

— Ma foi... il vaudrait mieux demander d'abord son avis à Granny.

— Tu as raison, admit Helena.

— Au fait, sais-tu où Alice est partie en vacances ? enchaîna Vanessa, soucieuse de détourner le cours de plus en plus embarrassant que prenait leur conversation.

— Dans le Minnesota. Elle voulait voir sa maman et ses frères et sœurs. Elle a aussi une arrière-grand-mère qui est née en Suède.

— Parle-moi d'Alice. Je l'ai trouvée très sympathique.

— Elle m'emmène à l'école le matin, elle revient me chercher le soir. Elle m'emmène à Central Park quand il fait beau et elle joue avec moi..

Une minute plus tard, Helena bavardait avec animation comme une fillette de son âge. Carrée dans un coin du canapé, Vanessa se détendit enfin, soulagée d'avoir réussi à la distraire de son chagrin.

17

Le vendredi matin, comme prévu, Drucilla Fitzgerald quitta l'hôpital. Vanessa et Helena étaient venues la chercher en voiture pour la ramener au cottage sur la dune.

Après le déjeuner, Vanessa envoya Helena peindre et dessiner à l'atelier. Elle voulait rester seule avec Dru pour lui parler tranquillement.

— Helena est une adorable petite fille, vous pouvez en être fière, dit-elle quand elles se furent confortablement installées devant leurs tasses de verveine. Nous sommes devenues les meilleures amies du monde.

— Je sais, répondit Dru en souriant. Elle m'a tout raconté après avoir chanté la ronde de la petite belette. Elle est folle de joie d'être avec vous, Vanessa, et je suis heureuse qu'elle ne vous pose pas de problème.

— Aucun, Dru, au contraire. Cependant...

Vanessa marqua une légère pause avant de poursuivre :

— J'allais dire qu'il y avait malgré tout un problème, mais ce n'est pas le terme qui convient.

— Où voulez-vous en venir, ma chère Vanessa ? s'étonna Dru, rendue perplexe par cette entrée en matière.

— Je me rappelle que, quand j'étais petite, je m'inquiétais de beaucoup de choses, comme tous les enfants. Or, en ce moment, Helena est inquiète.

— Au sujet de ma santé, n'est-ce pas ?

— Oui. A son âge, on se sent facilement exposé, menacé, surtout quand on a un proche parent à l'hôpital. Helena se sent très vulnérable.

— J'en suis convaincue moi aussi. Mais maintenant que j'en suis sortie, tout va vite rentrer dans l'ordre. Il lui faudra toutefois longtemps pour surmonter le choc de la mort de son père. Il nous faudra à tous très longtemps, j'en ai peur, ajouta-t-elle d'une voix altérée.

— Oui, très longtemps, murmura Vanessa.

Ne souhaitant pas aggraver la douleur de Dru par le spectacle de son propre chagrin, elle se leva pour aller à la fenêtre et y resta un instant, le dos tourné.

En ce doux après-midi de la mi-mai, l'océan

bleu et calme sous le soleil avait perdu l'aspect hostile qu'il avait eu ces dernières semaines. Sur l'écran de sa mémoire, le visage de Bill lui apparut aussi net que s'il était là, devant elle, car le souvenir de Bill n'était jamais absent de ses pensées.

Et c'est en voyant ses traits se superposer à ceux de sa fille que Vanessa sut ce qu'elle devait dire à sa mère.

Elle revint s'asseoir auprès de Drucilla :

— Avant votre infarctus, commença-t-elle, vous m'avez dit que vous n'aviez plus de famille. Aussi me suis-je demandé depuis si vous aviez désigné un tuteur pour Helena.

La question ne sembla pas prendre Dru au dépourvu.

— Non, je ne l'ai jamais fait. Bill non plus, cela ne nous semblait pas nécessaire à l'époque. Mais je comprends où vous voulez en venir, Vanessa. Vous vous souciez de ce que deviendrait Helena si je mourais, n'est-ce pas ?

— Franchement, oui. Vous êtes encore jeune, Dru, et cette attaque n'était rien de plus qu'un avertissement, en quelque sorte. Je sais que vous vous surveillerez désormais et que vous ne risquez pas de disparaître avant qu'elle soit en âge de se débrouiller seule dans la vie. Pourtant...

— Vous dites exactement ce que je ne cessais

207

de penser sur mon lit d'hôpital, Vanessa, l'interrompit Dru. Je me suis beaucoup inquiétée pour Helena et pour son avenir. J'ai soixante-deux ans, vous le savez, j'espère avoir encore de longues années devant moi, mais nul ne peut prédire l'avenir avec certitude. La vie réserve trop de surprises pour que j'aie le droit de me montrer imprévoyante.

— Alors, Dru, m'accepteriez-vous comme tutrice d'Helena?

— Oh! Vanessa, je suis très touchée que vous l'offriez, mais voulez-vous réellement assumer une telle responsabilité? Je veux dire, si je mourais alors qu'elle serait encore en bas âge? Vous êtes jeune, vous avez à peine vingt-huit ans, vous rencontrerez sûrement un homme avec lequel refaire votre vie. Avoir à sa charge l'enfant d'un autre serait un fardeau trop pesant, voire un obstacle pouvant compromettre des relations durables.

— Je ne vois pas du tout la situation ainsi, Dru. Si j'étais tutrice d'Helena, je remplirais mes obligations envers elle quelles que soient les circonstances. Vous me connaissez encore mal, je sais, mais je ne m'engage jamais à la légère et tiens parole, croyez-moi.

— Oh! ma chère petite, vous n'avez nul besoin de me convaincre de vos qualités! Bill vous aimait trop profondément pour que je mette en doute la sûreté de son jugement. Je n'en suis pas dépourvue moi-même, vous savez, et dès la première fois que je vous ai vue, à ce déjeuner à la Tavern on the Green, j'ai compris qui vous étiez. Je me sentais soulagée d'un grand poids, ce jour-là, en voyant à quel point Bill était changé grâce à vous. Il avait l'air si heureux ! Je le retrouvais enfin. Et je sens aujourd'hui mes épaules déchargées d'un nouveau fardeau, poursuivit-elle en prenant la main de Vanessa. Je ne connais personne au monde capable de veiller mieux que vous sur ma petite Helena. Avec vous, je sais qu'elle sera toujours en bonnes mains.

Les deux femmes échangèrent un long regard et sourirent en voyant qu'elles avaient l'une et l'autre les yeux humides.

— Merci, Dru, dit enfin Vanessa. Aussitôt que vous serez en état de rentrer à New York, je prendrai rendez-vous avec mon avocat, le vôtre si vous préférez, afin de régler cette question le plus tôt possible. Etes-vous d'accord ?

— Tout à fait. J'espère vivre encore longtemps, comme je vous l'ai dit, mais je me réjouis de vous savoir prête à prendre la relève s'il m'arrivait malheur.

— J'aimerais que nous nous rapprochions davantage, Dru. J'aimerais connaître mieux

Helena — et vous aussi, bien sûr. Accepteriez-vous de venir passer vos étés ici, avec moi ?

— J'en serais très heureuse, répondit Dru sans hésiter. Helena aussi en sera ravie, elle s'y plaît déjà beaucoup.

Vanessa se pencha vers elle, l'embrassa sur les joues.

— Eh bien, c'est décidé ! Mais.. j'ai encore quelque chose à vous dire.

— Quoi donc ?

— Frank m'a téléphoné de bonne heure ce matin. Il est à New York, il a rappporté les affaires de Bill, celles qui étaient dans sa chambre d'hôtel à Beyrouth. Il m'a demandé s'il pouvait venir nous voir demain.

La gorge nouée par l'émotion, Dru ne put qu'approuver d'un signe de tête et serra plus fort encore la main de Vanessa qu'elle n'avait pas lâchée.

— Il était mon meilleur ami, dit Frank à la mère de Bill. Je l'aimais comme un frère, plus qu'un frère. Tout le monde aimait Bill. Il était.. hors du commun.

— Il est mort et nos vies en resteront à jamais appauvries, dit Dru à mi-voix. Mais la vie continue, Frank. Montrons-nous tous courageux, c'est ce qu'il aurait voulu.

— Il était lui-même l'homme le plus courageux que j'aie connu. Bill m'a sauvé la vie, le saviez-vous ?

— Non, Frank, il ne m'en jamais parlé.

— Cela ne m'étonne pas, il était si modeste…

— Oncle Frankie !

Le cri de joie d'Helena l'interrompit. Elle venait d'apparaître avec Vanessa sur le pas de la porte et se précipitait dans ses bras. Frank la serra très fort sur sa poitrine. Elle était tout ce qui lui restait de Bill, à qui elle ressemblait tant. La gorge serrée, il fut un moment hors d'état de parler.

Son regard croisa celui de Vanessa. Il lâcha sa filleule et alla l'embrasser.

— J'ai tant de peine, lui dit-il à mi-voix.

— Moi aussi, Frank. Je l'aimais.

— Je sais, et il vous aimait aussi. J'ai quelque chose pour vous, ajouta-t-il en sortant une enveloppe de sa poche. Je l'ai trouvée dans la chambre de Bill, au Commodore.

Vanessa regarda fixement l'enveloppe, luttant de son mieux contre les larmes. Il n'avait écrit que son nom, *Vanessa,* au milieu de l'enveloppe. Elle avait presque peur de l'ouvrir.

Dru, qui l'observait, ne comprit que trop bien son trouble.

— Vous préféreriez sans doute être seule pour la lire, ma chère enfant, dit-elle au bout d'un moment. Nous allons vous laisser.

— Non, non, restez... Je vais sortir.

La lettre dans sa main crispée, Vanessa traversa la pelouse, gravit la dune, redescendit l'autre versant jusqu'à un endroit abrité où elle aimait se rendre pour lire. Une fois assise, elle resta un long moment immobile à contempler l'océan en pensant à Bill, le cœur étreint par la douleur.

Finalement, avec un sorte de crainte, elle décacheta l'enveloppe.

Beyrouth, lundi 25 mars 1996.

Vanessa, mon cher amour,

Je sais que dans quelques jours je reverrai tes yeux et ton sourire, je te tiendrai à nouveau dans mes bras, mais j'ai tellement besoin de te parler ce soir, de me sentir proche de toi que j'ai décidé de t'écrire. Bien entendu, nous serons ensemble à Venise quand tu liras cette lettre puisque je te l'apporterai moi-même...

Aveuglée par les larmes, Vanessa dut interrompre sa lecture. Il lui fallut un long moment pour se ressaisir.

Je ne crois pas t'avoir jamais dit combien je t'aime, Vanessa — de tout mon cœur, mon âme, mon esprit, en un mot de tout mon être. Tu es présente dans mes pensées à chaque instant de ma vie, pour laquelle je n'ai plus d'autre ambition que de te rendre heureuse. Je te dois de m'avoir rendu la vie, d'avoir redonné un sens à mon existence. Et c'est cette vie toute neuve que je veux désormais partager avec toi. Tu veux bien, n'est-ce pas mon amour? Tu acceptes de devenir ma femme le plus tôt possible?

Mon cœur t'entend répondre Oui! avec ton inimitable enthousiasme et je te fais la promesse solennelle de te chérir et de t'adorer pour toujours. Tu sais quoi? Faisons un enfant à Venise! Je sais à quel point tu désires avoir un enfant, c'est pourquoi j'aimerais qu'il soit de moi. Savoir qu'une partie de moi-même vit et grandit en toi sera pour moi le plus grand des bonheurs. Alors, n'attendons plus, faisons-le dès ce week-end. D'accord?

Je ne t'en avais rien dit jusqu'à présent, mais ces six dernières années ont été pour moi un enfer. J'ai perdu trois des êtres que j'aimais le plus au monde. Sylvie d'abord, mon père ensuite et, enfin, ma grand-mère. Ces trois morts coup sur coup m'avaient littéralement brisé le cœur.

Mais j'ai compris, au cours de ces derniers mois,

qu'un cœur brisé ne meurt pas. Quand l'amour lui redonne vie, il bat plus fort que jamais.

De toutes les forces de mon cœur brisé qui revit grâce à toi, je t'aime.

Bill.

Pendant un très long moment, mais pour elle le temps s'était arrêté, Vanessa resta immobile face à l'océan, la lettre entre ses doigts tremblants. Le soleil baissait sur l'horizon quand elle la replia avec soin, la glissa dans l'enveloppe, essuya ses joues ruisselantes de larmes et reprit à travers la dune le chemin du cottage.

Son cœur brisé recommencerait-il à battre un jour ? Vanessa l'ignorait. Elle savait seulement que, d'ici là, le souvenir de Bill Fitzgerald et de son amour suffirait à maintenir en elle l'étincelle d'espérance et de vie capable de lutter contre la mort — et de la vaincre.